約會大作戰

末日狂三

橘 公司
Koushi Tachibana

Kadokawa Fantastic Novels

彩頁／內文插畫　つなこ

精靈
THE SPIRIT
存在於鄰界，被指定為特殊災害的生命體。發生原因、存在理由皆為不明。
現身在這個世界時，會引發空間震，給周圍帶來莫大的災害。
再者，其戰鬥能力相當強大。
處置方法1
WAYS OF COPING 1
以武力殲滅精靈。
但是如同上文所述，精靈擁有極高的戰鬥能力，所以這個方法相當難以實現。
處置方法2
WAYS OF COPING 2
——與精靈約會，使她迷戀上自己。
末日狂三
Ragnarok KURUMI
SpiritNo.3
AstralDress-NightmareType Weapon-ClockType[Zafkiel]

斷章　精靈的誕生

「……喝啊！喝啊！」

幼小的少女在山間小村落附近的花田，表情猙獰地將雙手舉向前。

少女年約七歲，一頭淺色金髮，雙眸如深海般碧藍。可能是從剛才就全身用力的關係，她那和髮絲同樣淡白的臉頰泛起紅暈，額頭冒出斗大的汗珠。那副模樣宛如臉頰就要膨脹爆炸似的。

「我不是說了嗎？那麼用力也沒用啦。心情要更加沉著，溫柔觸摸的感覺。」

隔壁看起來個性活潑的少年見狀，嘆了一口氣，並且聳了聳肩。

「我示範給妳看。」

少年如此說完，倏地瞇起眼睛後豎起一根手指。

於是下一瞬間，周圍的花朵產生熠熠生輝的光芒，冉冉升起，朝少年指的方向慢慢移動。

「哇啊……」

少女目不轉睛地盯著這幅光景後，又開始皺起眉頭，全身不停顫抖。

「唔嗯嗯嗯嗯嗯嗯……！」

「妳到底有沒有聽進去啊。」

少年半瞇著眼無奈地望著沒有慧根的少女。

這時，後方傳來一道聲音呼喊兩人的名字。

「——艾略特、艾蓮，原來你們在這種地方啊。」

「嗯？」

「噗哈……！」

少年——艾略特回過頭，而少女——艾蓮則是吐出憋住的氣。

循聲望去，那裡不知何時出現了一名弱不禁風的少年。

一頭暗淡的灰金色頭髮是他最大的特徵。少年十歲，小艾略特一歲，卻散發出一股老成，應該說是老奸巨猾的氣息。

「艾克！」

艾蓮認出他是誰後，表情瞬間變開朗。被喚作艾克的少年面帶微笑走到兩人身邊。

「你們兩個，又在這種地方練習了啊？」

「有什麼辦法。艾蓮這傢伙半次都沒成功過。人家嘉蓮就很優秀，為什麼姊妹倆程度會差這麼多啊？」

艾略特無奈地說完，艾蓮的眼眶便開始冒出斗大的淚珠，抽抽噎噎。

「……就算你這麼說，你以為我就願意一直失敗嗎……」

「啊～～真是的，別哭啦！抱歉、抱歉，是我不好！」

艾略特道了歉，艾蓮用手背擦拭眼眶冒出的淚水，吸著鼻水。艾克溫柔地撫摸她的頭。

「別擔心，艾蓮。我也來幫忙，我們去修練場吧。艾略特也一起去。在外面施展魔法的話，又要挨師傅罵了。」

艾略特聽完艾克說的話，盤起手臂嘆息。

「好啦好啦，誰教大人全都是膽小鬼。根本沒人是心甘情願來到這種偏僻的鬼地方好嗎？」

「別這麼說嘛，這也沒辦法啊。聽說師傅他們那一代對魔法師(Magus)的迫害特別嚴重。」

說完，艾克露出苦笑。艾略特再次嘆了一口氣。

──「魔法師」。

沒錯。這世上確實存在人稱此名的人物。

有時被喚作咒術師；有時被喚作占術師；有時被喚作藥師；有時則是被喚作魔女。然而他們卻長久存在於常人意想不到的範疇外。

但他們並不像童話故事中出現的魔法師那樣，只要揮一揮魔杖便能心想事成。

所謂的魔法是指能看見常人所不能見，能觸摸常人所無法觸摸──擁有這種素質的人為了提高其能力而修習的學問，是一種文化體系。

而艾略特他們是繼承魔法師素質的血族後裔。

「可是啊，他們也太害怕了吧。師傅他們跟普通人打架一定不會輸的啊。」

「我想也是。」

「對吧？所以被看到——」

「不過，若是一對一百，一對一千，又另當別論了吧？」

「這個嘛……是沒錯啦……」

「就是這個道理。人會害怕與自己不同的東西，而那份恐懼會引發脫序和瘋狂。不曝光是勝過一切的美德。」

「呿，聽不懂你在說什麼。」

艾略特撇過臉說。於是艾克臉上浮現老成穩重的笑容，輕笑兩聲後邁步離開。

——不過，艾略特很快便理解了這句話的含意。

「啊……啊……」

數個月後。

艾略特從山丘上俯視陷入火海的故鄉，茫然地呻吟出聲。

失火的原因顯然不是用火不慎或躺著抽菸，而是有人抱持著明確的惡意、殺意，刻意縱火。

家家戶戶好不容易逃出起火的房屋，卻被等在外面的一群男人槍擊，當場趴倒在地。

雖然不知道他們到底是何許人也，但他們的目的無疑是將魔法師趕盡殺絕。

「艾略特……艾略特！村子，我們的村子！」

「……！艾蓮，別大喊……」

「可是……！」

艾略特緊緊抱住仍想大喊的艾蓮，她的眼淚慢慢地沾濕他的胸膛。一起避難的艾蓮的妹妹嘉蓮也緊咬脣瓣，抓著艾略特的衣襬。

突然失去故鄉。要才十歲左右的少年少女承受這樣的慘劇，實在太過沉重。

不過——當中只有一名少年。

氣定神閒地俯視著陷入火海的村莊。

「…………」

即使熱風吹向臉龐，艾克的眼睛依然眨也不眨，目不轉睛地盯著化為灰燼的村子與遭到槍殺的同胞。

「艾克……？」

雖然無法猜測出他在想些什麼——但艾略特覺得他那被火光照耀的側臉十分詭異。

魔法師是人類當中的異端，但他在那異端之中也宛如別種生物——

「艾略特、艾蓮、嘉蓮。」

這時，艾克像要打斷他思考般呼喚他們這些順利逃生的人的名字。

「——打造一個世界吧，一個放逐人類，專屬於魔法師的世界。這是他們挑起的，我們沒有道理不能這麼做吧？」

然後如此宣言。

——仔細想想，這就是DEM Industry公司最古老的創始記憶。

經過十幾年，艾略特等人埋首鑽研魔法。

當然，這世界可沒那麼仁慈，幾個十歲左右的孩童怎麼可能生存下去，一開始的幾年必須待在孤兒院。

不過，聰明的美少年艾克沒花多少時間便得到一對資產家老夫婦的垂青，而要不了多久，那對老夫婦也不幸發生意外死亡。

果不其然，艾克得到了龐大的資產與名目，邀請艾略特等人到家中，在時間允許下盡情鑽研神祕力量。

神智學、神祕學、鍊金術，以及卡巴拉。從為了向「人類」公開而造假的知識中抽絲剝繭，汲取「真正的」內容。

於是——那一刻終於到來。

——「那一天」。

歐亞大陸中心風平浪靜，彷彿暴風雨前的寧靜。

原野上站著三道人影。

艾克、艾略特、艾蓮。

三名已經成長為和「當時」判若兩人的魔法師，就站在那裡。

「——好了，開始吧。嘉蓮，準備吧。」

『是。』

艾克說完，通訊器立刻傳來人在觀測所的嘉蓮的聲音。

同時，擺放成圓形的裝置——魔力爐開始啟動，發出低聲沉吟。

構成這世界的所有物質中所蘊藏的魔法能量，從天、地、空氣中化為熠熠生輝的光芒，在四周捲起漩渦。

——「精靈術式」。

那是艾略特等人為這個儀式所取的名稱。

將蘊藏於世界的魔法能量聚集在一個場所，創造出新生命。

獲得這些力量後，讓原本只能按照書籍、咒語施展些許法術的艾略特等人得以在幻想的世界中成為無所不能的魔法師。

「艾克，這些能量——」

「沒錯。會產生精靈——並且創造出『顛覆世界的嶄新世界』。」

艾克揚起嘴角如此答覆艾蓮。

「——隨意領域，將人類想像的事情化為現實的萬能空間。如果計算正確，用這個產生出的精靈所擁有的隨意領域，規模應該會大到涵蓋整個地球，甚至足以稱為另一個世界——鄰界。」

艾克伸到前方的手握拳。

「那就是我們的世界。『我們要用鄰界改寫這個世界』。」

「…………」

艾略特聽了這句話，望向他的側臉，嚥了一下口水。

事到如今，他沒有打算反對艾克說的話。畢竟他們就是為了這個目的付出了十幾年的歲月。

不過，不知為何——

艾克述說希望時的側臉與那天看見的表情互相重疊。

「——時間到了。精靈出現時估計會產生餘波。艾略特，準備護身符。」

「……！好。」

艾略特微微抖了一下肩膀，拿出護身符，集中魔法源，製造出籠罩三人的屏障。

下一瞬間——

「————！」

隨著一陣強烈的衝擊，視野一片白茫茫。

即使張開屏障，全身依然感受到一股震動，耳朵甚至一瞬間喪失聽力。

規模龐大的大爆炸，有種飛彈直接從頭上落下的錯覺。地面凹了一個洞，艾略特等人感覺連整個屏障也一起向下沉。

「呼……！呼……！」

過了一段時間，震動停息後，艾略特這才解除屏障。

等到飛揚的塵土散去，環顧四周——啞然無言。

空無一物。

不論是平原、群山，還是原本遠處可見的城鎮輪廓——

一切都消失無蹤。

不——正確說來，只存在一樣東西。

先前不存在之物就飄浮在艾略特等人的面前。

「……呵，哈哈，哈哈哈哈哈哈哈哈哈！」

艾克的大笑聲響徹整片空曠的地平線。

——那是一名少女。

全身纏繞著淡淡光芒的美麗少女就出現在那裡。

——精靈。

這是開啟他們長期糾葛的命運的一瞬間。

第一章 開戰的狼煙

「————，……————」

自以為有發出聲音，但脣瓣間吐出的卻只有沙啞的氣息。

極度的緊張和亢奮毫不留情地使身體和精神一下子就疲憊了。時崎狂三雙腿微微顫抖，當場癱坐在地。

「『我』！」

「還好嗎？」

於是，一群位於周圍的少女憂心忡忡地出聲詢問。

綁成左右不均等的頭髮，以及時鐘般的左眼。她們是狂三的分身，所有人的樣貌都與狂三一模一樣。

狂三乾咳了幾下後，慢慢站起來。

「還好……沒什麼大礙。」

狂三等人正位於深夜的大廈頂樓。月亮躲在雲的後方，只有地上的燈光朦朧地照著四周。

「…………」

狂三目不轉睛地俯視自己混入黑暗的影子，慢慢抬起腳——用力踏了一下腳跟。

她並非想喚出天使或潛藏在影子中的分身。

只是——對「剛才被吞進影子裡的精靈」感到憂慮。

沒錯。狂三前一刻才在這個地方面對某個精靈。

她是身影被雜訊籠罩的神祕存在，也是將人類變成精靈的精靈。

識別名〈幻影〉。

而去除雜訊後顯現出來的樣貌——竟是士道等人的副班導，同時也是〈拉塔托斯克〉的分析官，村雨令音本人。

不過就算踹了一下影子，也無法得知內部的狀態。

雖然是一個入口，但狂三的影子大致分成兩個領域。

一個是分身群蠢蠢欲動，自由出入，類似藏身處的空間。

而另一個則是為了將吞進影中之人的「時間」全部奪走，類似胃的空間。

當然，狂三吞食令音的空間是後者。

狂三也不能隨心所欲地操縱那個空間，既無法自由吐出吞進影中的東西，也無法窺探裡面的情形，就像人類無法用肉眼窺視自己體內一樣。

……之所以會用腳踹影子，只是激昂的情緒無處發洩罷了。

再怎麼強大的精靈，被吞進那個空間也不可能生存下來。狂三在靜謐無聲的寂靜之中輕聲嘆息。

「真是——沒意思呢。分太多力量出去的精靈……就只有這種程度嗎？」

然後像在說給自己聽一樣如此呢喃。

實際上，那並非她本來的力量吧。因為受到狂三出其不意的攻擊，她連天使和靈裝都沒有顯現出來。

不過，重要的是結果。令音消失，而狂三站在這裡。只有這個事實是這場戰鬥的結局。

狂三再次長嘆一口氣後露出銳利的視線，緩緩抬起頭。

「好了——『我們』，這並非結束。我們的目標不是剛才那樣的廢物，而是三十年前強極一時的怪物。」

「…………」

狂三發出宏亮的聲音如此說完，分身群便誠摯地點了點頭。

「為此，我們需要士道的靈力——走吧。」

「好的、好的，出發吧。」

「兵來將擋，水來土掩，勢必將士道納入『我』的手中。」

「既然連分配力量的〈幻影〉都落得這樣的下場了，那麼在她出生以前擊潰她，更是輕而易舉吧。」

「是呀、是呀。不過——」

這時，一名分身突然露出疑惑的表情。

「為什麼〈幻影〉不惜分送自己的力量也要增加精靈呢？那一定會導致自己變弱啊。」

「…………」

分身說完，狂三沉默了片刻。

此話確實有道理。若是令音擁有十全的力量，即使是狂三也毫無勝算吧。

事關自己的性命，實在不可能因為鬧著玩而將人類變成精靈。

一定有——什麼理由。

不惜失去自己的力量也要達成的目的。

不惜置身於險境之中也要成就的事情。

「…………」

不過，即使狂三絞盡腦汁也想不出答案。而唯一知道那個答案的女人，已經沉眠於黑暗的影子中。

「——哼。」

狂三憤恨地從鼻間哼了一聲後，帶著分身離開現場。

◇

「——司令！偵測到士道的反應了！」

飄浮在天宮市上空的空中艦艇〈佛拉克西納斯〉。

船員宏亮的聲音響徹整個艦橋。

坐在艦長席上的少女像是對此產生反應，肩膀和綁成雙馬尾的頭髮抖了一下。

「！幹得好！到底在哪裡？」

〈佛拉克西納斯〉的艦長兼〈拉塔托斯克〉的司令官五河琴里豎起嘴裡含著的加倍佳糖果棒，將身子向前傾，注視主螢幕。

沒有人認為她的反應太過大驚小怪。

因為琴里的哥哥五河士道在與「最邪惡精靈」時崎狂三接觸時，失去了下落。

數秒後，主螢幕上映出一名少年。

穠纖合度的身材，蹣跚的腳步。雖然因為低下頭而看不見表情，但那無庸置疑就是琴里的哥哥士道。

也許是心理作用，感覺他的衣服比剛才髒。而且原本應該和他在一起的狂三卻四處不見蹤影。到底發生什麼事了？

「總之，先把士道接回船上！」

「是！」

船員回應琴里後，操作控制檯。

於是下一瞬間，〈佛拉克西納斯〉發出微弱的驅動音，同時開始移動，士道的身影突然從螢幕上消失。

片刻過後，士道旋即伴隨著淡淡的光芒出現在設置於艦橋內部的傳送裝置上。

「士道！」

琴里出聲大喊後，立刻從艦長席上起身，衝到士道身邊。

「你沒事吧？到底發生什麼事了？狂三呢——」

琴里抓住士道的衣袖，連珠炮似的不斷提問，卻突然噤口不語。

因為她接近士道，探頭看他的臉龐後，終於看見了他的表情。

苦悶、悲哀、些許的悔恨。

以及由那些情緒構成的——堅決表情。

士道先前的確抱持著要封印狂三靈力的明確意志去面對狂三。不過，如今他身上散發出來的是凌駕其上，甚至流露出些許瘋狂的悲愴使命感。

簡直就像——一心只想拯救某種東西，即使犧牲性命也在所不惜。

琴里有一瞬間被他那雙眸深處燃燒的光輝所震懾。

「——琴里。」

士道靜靜地抬起頭，開啟雙唇：

「可以幫我召集大家嗎？我要全部說出來，說出我剛才，不對——是『至今』究竟發生了什麼事，狂三做了什麼，以及她為我付出的一切。」

想問的事如山一樣多。而且在無法確認狂三所在地的情況下，她想盡早得知情報。事實上，換作是平常的琴里，應該早就責罵士道別賣關子，硬是逼他馬上說出來了吧。

然而琴里這次卻無法這麼做。因為現在士道散發出不由分說的氣息以及一觸即碎的悲痛感。

「……好，我知道了。」

琴里微微屏息，點頭回應。

接著深呼吸，重新打起精神後，對船員們下達指示。

「椎崎，把公寓裡的精靈接到船上！箕輪，麻煩妳聯絡折紙、美九、二亞！川越、幹本繼續搜尋狂三的反應！」

「了解！」

船員們齊聲回覆琴里一連串的指示。琴里微微點頭後，接著望向左方。

「還有令音，聯絡真那——」

說到這裡——

琴里皺起眉頭。

她的視線前方有一名坐在控制檯前的女性。隨意紮起的長髮，有些睏倦的雙眸下浮現深深的黑眼圈，還有一隻傷痕累累的小熊玩偶從她栗灰色的軍服口袋探出頭來。

她是〈拉塔托斯克〉的分析官，同時也是琴里的摯友，村雨令音。

「……嗯，了解了。也把真那叫來吧。」

令音緩緩地點點頭回應琴里。

照理說並沒有什麼怪異之處，她的容貌、聲音、應答，全都跟平常一樣。

然而不知為何，琴里卻覺得那幅光景有種莫名的突兀感。

「……琴里？」

「！——」

聽見令音呼喚名字，琴里赫然抖了一下肩膀。

「嗯……抱歉。拜託妳了。」

看來她似乎有點神經質了。她輕輕搖了搖頭如此回答後，將視線移回原處。

◇

——在士道被傳送回〈佛拉克西納斯〉後過了約一小時。

「…………」

設置於艦內的作戰指揮室內陷入一片沉默。

室內包含士道在內，共有十三個人。十香、折紙、琴里、四糸乃、耶俱矢、夕弦、美九、七罪、二亞、六喰這些精靈，還有令音和真那。真要算的話，〈佛拉克西納斯〉的管理ＡＩ瑪莉亞應該也能透過螢幕看見這個狀況。

然而即使聚集了這麼多人，從剛才起就沒有一個人發言，所有人都一語不發，臉色沉重。其中真那則是一副雖然理解但無法接受的樣子，盤起胳膊，眉頭深鎖。

但這也無可厚非。

因為大家都聽說、得知了詳情。士道告訴了她們

〈夢魘(Nightmare)〉時崎狂三這名精靈是如何誕生，又為何背負了最邪惡精靈這個惡名。

以及，她為了拯救士道脫離死亡命運，不斷重整世界。

士道毫不保留、毫不誇張、毫不虛偽地——

說出了她的足跡、她的歷程，以及她——悲痛不已的心思。

一個人承受那些事，怎麼可能毫無不安？該怎麼做才能回報狂三的所作所為——士道確實想跟大家商量這件事。

但更重要的是——他希望大家明白。

明白時崎狂三這名少女並非只是個貪圖私利私欲或快樂而不斷犯下罪孽的暴虐之徒。

明白她為了拯救人類、朋友、世界脫離自己意外被迫犯下的過錯，而選擇了荊棘之路的高尚決心。

……不過，也許狂三本身不希望被人知道。

「唔……沒想到狂三竟然發生過這種事。」

「令人吃驚呢……」

發出聲音打破沉默的是十香和四糸乃。兩人雙眼都瞪得圓滾滾的，臉頰流下一道汗水。

「……令人難以置信呢。」

這時，一名臉上有哭痣，將頭髮綁成一束的少女接著如此說道。

她是崇宮真那，自稱士道的親妹妹，隸屬於〈拉塔托斯克〉的巫師(Wizard)。她那威風凜凜的雙眸，如今因懷疑和困惑彎成了納悶的形狀。

「那個暴虐無道、人面獸心、個性邪惡、弱肉強食的〈夢魘〉，竟然打算拯救大家嗎？這笑話還真難笑。」

說完後，她誇張地聳了聳肩。

不過，也難怪真那會有這種反應。畢竟她與狂三是至今交手過無數次的宿敵，突然聽到這種事情，怎麼可能馬上接受。

「真那，我了解妳的心情。不過——」

士道說到這裡時，真那垂下視線，張開掌心制止士道。

「……說是這麼說，但若是問我比起兄長對我說謊，哪邊機率較高，這件事屬實的機率還是以些微差距勝出，我也只能相信了。」

真那說完，無奈地嘆了一口氣。

「真那……」

「哎呀，請你最好別給我誤會。說到底我只是相信兄長說的話，才不是認同那個女人。」

「……怎麼搞得有點複雜啊……那不是同樣的意思嗎？不過我大概了解妳想說什麼啦……」

七罪臉頰流下汗水說道。但真那沒怎麼將這句話放在心上，繼續說：

「話說，兄長，我在意的還有另一件事。」

「嗯……是什麼事？」

士道歪了歪頭，真那便豎起一根手指，眼神真摯地凝視著他問：

「就是出現在你所體驗的〈夢魘〉時崎狂三的過去——那個叫『崇宮澪』的女人。」

「…………」

真那說完，士道輕聲嚥了一下口水。

沒錯。士道利用狂三的天使〈刻刻帝〉所射出的子彈，得知了狂三的過去。

而一名自稱崇宮澪的少女出現在她的過去之中。

而且那名少女顯然非比尋常。她賜予狂三靈魂結晶，將她變成了精靈，讓她用那份力量來狩獵精靈。她是狂三的仇敵，也可說是一切的開端。

況且，士道早就預想到真那會對那名少女感到好奇。

因為——「崇宮」。

澪報上的姓氏和真那一樣。

而「MIO」正是士道以前靈力失控，陷入失去自我的境地時曾脫口說出的名字。

這奇妙至極的巧合，要人不在意才是強人所難。

「是啊……我也很在意。這個叫作澪的少女究竟是何方神聖？」

「給予狂三靈魂結晶，將她變成精靈……簡直就像出現在我們面前的〈幻影〉呢。」

像在回應士道而如此說道的人是琴里。她交抱雙臂，翹起二郎腿坐在椅子上，嘴裡含著的加倍佳糖果棒不斷上下移動。

〈幻影〉。那是將靈魂結晶交給琴里、折紙、美九、二亞、六喰等人，將她們變成精靈的神祕精靈之名。琴里說的沒錯，她確實與出現在狂三記憶中的澪有許多共通點。

「是與〈幻影〉擁有相同能力的精靈嗎？還是〈幻影〉的真面目就是崇宮澪？如果是，她的目的究竟是什麼？再說，她與士道和真那又有什麼關聯……一堆謎團呢。」

說完，琴里聳了聳肩，像在表達完全沒轍。

於是真那點了點頭，接著說：

「當然也有可能只是碰巧同姓，或是她用的是假名，但如果以有什麼屁關聯的前提來思考，應該是我和兄長的親戚吧？至少，她好像認識我和兄長的樣子。」

真那撫摸著下巴說了。

多麼不著邊際的言論，不過這也無可奈何。因為士道和真那兩兄妹早就失去了過去的記憶。現在雖然已經透過DNA鑑定證明兩人的確是親兄妹，但一開始真那稱呼士道為哥哥的理由，只是憑藉她擁有的鏈墜相片與直覺這般簡陋的依據。

「唔……不知道呢。只憑這些難以判斷……」

正當士道低聲沉吟時，二亞像是察覺什麼似的歪了歪頭。

「咦？不過這麼聽來，少年你是直接親暱地稱呼小澪的名字吧？這難道不奇怪嗎？」

「咦？哪裡奇怪了？」

「沒有啦，就是啊～～三三遇見小澪是幾十年前的事了吧？如果是你們的親戚，就算是奶奶或伯母那一輩也不奇怪吧。但你卻直接喊她的名字，不覺得彆扭嗎？要是失去記憶前的少年你的個性其實非常狂野，那倒是另當別論啦～～」

「啊……」

聽二亞這麼一說，還真有道理。士道搔了搔臉頰沉思。

但折紙立刻開口反駁：

「那倒不一定。崇宮澪是精靈或是擁有類似的能力，這是無庸置疑的事實。既然如此，她也有可能以出現在時崎狂三面前時的姿態遇見士道和真那。」

「啊～～原來如此喵～～的確，我在被封印之前也是無論怎麼熬夜、豪飲，皮膚都還是一樣光滑有彈性喵～～」

二亞伸出雙手撫摸自己的臉頰，打趣地說了。別理她就好了，七罪卻反問：「……現在呢？」二亞樂開懷地接受吐槽，回答：「一不小心膚況的曲線圖就瞬間垂直下降……喂，別逼我說這種話啦！」這精靈還真配合。

士道苦笑著望著兩人的互動，再次輕聲低吟。

然而，再怎麼絞盡腦汁也想不出答案。這也難怪，因為資訊太少了。若是士道或真那多少還記得一點以前的事情，那又另當別論——

道。

「呼嗯。」

當士道東想西想時，突然聽見可愛的嘆息聲。

循聲望去，便看見其中一名精靈——星宮六喰把玩著圍在脖子上的三股辮髮尾，並且望向士道。

「此話甚是奇妙呢——不過郎君，若是你如此在意，回想起來便可。」

然後一派輕鬆地這麼說了。

多麼天真無邪的言論，真是至理名言啊。士道瞪圓了雙眼後，露出苦笑。

「啊哈哈……說的也是。只要突然想起來就好了……不過——」

這時——

士道才總算領悟到六喰話中的含意。

六喰既非說笑，也並非沒聽懂士道等人的話。

而是在敘述字面上的意思。

「……有辦法想起來嗎？」

士道一臉誠摯地問道，六喰便一副理所當然的樣子點頭稱是。

「妾身的〈封解主(Michael)〉是絕對的鑰匙。無論是有形、無形、觸摸得到、觸摸不到之物，毫無任何區別，沒有〈封解主〉無法開啟之物——即使是緊閉的記憶之門亦不例外。」

「…………」

六喰說完，士道嚥了一口口水。

六喰揮舞的鑰匙天使〈封解主〉——

是強力無比的天使，擁有「開啟」與「關閉」萬物的能力。

的確，只要憑藉〈封解主〉的力量，或許能喚醒士道封閉的記憶。士道將手擱在胸口好抑制住突然劇烈跳動的心臟。

不，不只士道。在場的精靈們也同樣露出吃驚或期待的表情，注視著六喰。

「……士道。」

其中反應最明顯的，是琴里。她一臉嚴肅地凝視著士道。

她的表情透露出的不是驚愕或困惑——而是緊張。

宛如她早就察覺六喰所說的〈封解主〉的可能性，卻不敢說出口的樣子。

「——琴里。」

士道從琴里的表情推測出她的心思與憂慮。

若是一切順利，士道恢復過去的記憶，也不代表那是士道等人所期望的結果。畢竟誰也不知道士道與真那曾經發生過什麼事。

而且也不保證士道在恢復本來的記憶後還能保持現在的人格。雖然不至於士道過去的人格會吞噬現在的他……但無法否定過去的記憶可能會對士道造成某些影響。

不過——

「別擔心。不管發生什麼事，我永遠都是妳的哥哥。」

士道說完，胡亂搔了搔琴里的頭，微微一笑。

「哥哥……」

琴里瞬間感動萬分地濕了眼眶，但或許是想起還有其他人在場，立刻甩了甩頭哼了一聲。

「……誰、誰擔心你了啊。那是——當然的啊。」

琴里臉頰泛紅，嘟起嘴脣。那副模樣可愛至極，令士道更用力撫摸她的頭。

「哈哈……是啊，說的也是。」

「咳、咳！」

這時突然傳來刻意發出的乾咳聲。真那的表情有些不悅。

「啊，呃，我不是那個意思啦。真那妳當然也是我可愛的妹妹喔……」

士道連忙慌張地辯解後，真那便聳了聳肩，像在表達「我知道啦」。

「我鬧你的啦。我也一樣不希望你改變現在的個性。」

「不過——」真那接著說：

「如果有方法可以恢復過去的記憶，我確實也希望能試一試。崇宮澪究竟是何許人也；我跟兄長曾經發生過什麼事，想知道的事情有一大堆。」

「……是啊。」

士道下定決心，同時點點頭後，垂下視線，慢慢舉起右手。

接著吐了一口長氣，集中精神。

感受全身循環的力量流動，讓力量流向某個地方。

從精靈身上封印的靈力遵從士道的意志湧向右手，身體一下子熱了起來。

士道以前還不怎麼擅長掌握這種感覺，但自從靈力失控過一次後，只要處於能集中精神的環境和時間，多少能自由控制力量。

「——〈封解主〉。」

士道呼喊天使之名。

於是，像在回應他的呼喚，全身發熱的感覺從右手冒出——出現一把前端為鑰匙形狀的巨大錫杖。

「喔喔……！」

「〈封解主〉……」

所有精靈屏息驚嘆。

士道深深呼吸了一口氣好讓心情平靜下來後，雙手舉起顯現出來的〈封解主〉，打算刺向自己的頭部。

……不過，〈封解主〉實在是太巨大，難以完成這個動作。看見他那逗趣的模樣，精靈們露出苦笑。

「唔唔……」

「以此大小想必難以操作吧，郎君。既然〈封解主〉已在你手中，對於它的力量你應該心知肚明。使用【小鑰(Tefete)】便可。」

六喰豎起一根手指如此說道，語氣宛如一名教導弟子的仙女。

「【小鑰】……」

士道複述這句話。有種不可思議的感覺。明明是不曾耳聞的詞彙，心中卻早已明白。

但這並非士道第一次體會到這種感覺。只要手持精靈的天使，腦海裡就能隱約想像出其天使的能力。

想起理應不知道的事情，這感覺真是奇妙。士道在腦海中清楚浮現實際的形體後，再次呼喚其名。

「〈封解主〉——【小鑰】。」

隨後，士道手上握著的巨大錫杖便漸漸縮小，變成一手可掌握的大小。

原來如此，這樣就能運用自如了。想必六喰將鑰匙刺進自己頭部時也是利用這種形態吧。

「很好……」

士道重新調整呼吸後，將手中的鑰匙慢慢抵在自己的太陽穴上。

「──那麼，我要開始嘍。」

「嗯……！」

「毋須擔憂，相信〈封解主〉吧。」

「討厭～～！那種刺刺的東西要插進達令的體內～～！」

「……美九，妳先閉嘴一下。」

精靈們妳一言我一語。士道「啊哈哈」地苦笑。

原本緊繃的肩膀放鬆了不少。士道再次深呼吸後，將〈封解主〉的前端一口氣插進腦袋。

◇

──一片白茫茫。

如果要以一句話表達「那幅光景」，就會這麼形容吧。

若是信仰虔誠之人所見，勢必會以為是厭棄人類的神明所下的審判；若是陰謀論者所見，勢必會以為是敵國發動的核武攻擊；若是受限於常識之人所見，勢必會以為是看見幻覺或作白日夢吧——眼前就是這樣的光景。

爆炸。

沒錯，恐怕是發生爆炸……了吧。

但是由於「那幅光景」跟少年腦海裡「爆炸」的印象與規模相差太多，他花了一些時間才找到貼切的詞彙形容那個現象。

直到數秒前，他還處於與往常無異的日常生活之中。

會走那條路也不過是因為想買書才前往商店街。

不過，當他一邊思考今天晚餐的菜色，步調悠閒地走在鋪設平坦的路上時，擴展在眼前的熟悉街景突然籠罩在刺眼眩目的光芒之中。

不，正確來說，應該是包含那條街道在內，遠達數十公里左右的廣大領域。

轉瞬間，四周響起震天價響的轟隆聲，產生劇烈的衝擊波，他的身體如樹葉般被輕易吹飛。

「唔……啊……！」

撞上地面上崩塌的圍牆，發出痛苦的叫聲。

片刻後，震動空氣的衝擊波停息，四周轉為一片寂靜。

不，正確來說，似乎是因為剛才響起的巨大聲音，導致耳朵暫時失靈。

「唔……」

少年撥開落在自己身上的大量建築物碎片與小石頭，忍痛撐起上半身。

「這到底是……怎麼回事……發生什麼事了……？」

他搓揉著模糊的雙眼抬起頭。然後——

「什麼——」

看見擴展在前方的景色後，啞然失聲。

不是發生了什麼事。

而是「什麼都沒有」。

大樓、住宅、汽車、電線桿、紅綠燈、行道樹、道路，以及——人類的身影。

那裡完全不存在任何想起「城鎮」這個詞彙時理當會浮現的要素。

有的只是被夷為平地的地面與呼嘯而過的狂風罷了。

他本來以為發生那麼大的爆炸，這也是理所當然——然而，並非如此。

強烈的突兀感。他瞪大雙眼，再次望向四周。

瓦礫的數量明顯寥寥無幾。

倘若這是隕石掉落、炸彈或是瓦斯爆炸之類所造成的現象，即使破壞了位於原地的物體，照理說殘骸也會散落四周才對。

然而，如今散落在他周圍的瓦礫卻不是爆炸造成的，全是遭爆炸餘波破壞的建築物所產生。

不管是汽車的殘骸、樹木的碎片——還是人的屍體。

疑似爆炸的中心點並不存在理應位於那裡的東西。

沒錯。可能遠達幾十公里的廣大領域化為平地，卻全然不見理應存在過那裡的龐大物質和生物。

宛如——只有那個範圍被消除了。

「…………」

不對——少年嚥下一口口水，否定自己的想法。

這事態確實十分異常，顛覆常識。

不過，若要問是否對這個現象毫無頭緒，答案是否定的。

——空間震。

「數個月前」在歐亞大陸開了一個大洞，原因不明的大災害。

那起世紀大事件連續占據了電視和報紙版面，而世界各地也緊接著發生小規模的空間震。

現在擴展在他眼前的光景，與電視上所見的空拍影像一模一樣。

「這就是……空間震嗎……？」

少年目瞪口呆地低喃後，再次放眼望向那幅光景，全身顫抖。

他知道那是人類史上空前未有的極大災害，也理解那是惡魔投下的骰子，已骰出的結果無法更改，不知如何採取對策和回避。

不過，一旦親眼目睹——而且是在如果早個幾分鐘出門就可能受到波及的狀況下——原本總覺得有些虛幻的感覺也開始變得真實。

然而——

「……！」

下一瞬間，他抖了一下，並非因為感到恐懼。

而是因為看見遠方——被夷為平地的大地上，有個類似人影的豆大物體。

照理說，根本不可能看見相隔如此遙遠的地方有人影。但由於前方完全沒有遮蔽物和障礙物，才能看見。

很難相信會有人在那場爆炸中倖存，但也不排除是之前躲在建築物地下樓層的人爬了出來。

「嘖……」

他也不想踏進剛剛才發生大爆炸的地方。畢竟原因不明，難保不會再次發生相同的爆炸。

不過，搞不好那個人受了傷，搞不好他在那裡動彈不得——當這些想法掠過腦海的瞬間，少年的腳便半自動地抬了起來。

筆直地奔馳在前一刻還充滿人民生活氣息的死亡空間。

必須盡早確認那個人影的狀態的這個想法，與視情況必須扛起那個人離開這裡的焦躁，促使他的腳步動得比平常快。

不過——

「那邊的人！你還好——」

不知在地面上跑了多久，等到他終於來到能看清那個人影實際面貌的距離時——

他不禁停下了腳步。

「咦——」

喉嚨半下意識地發出聲音。

理由非常單純。

因為有一名全身赤裸的少女蹲在所有東西都消失無蹤的大地上。

她的存在令他僵在原地，無法動彈。

視線……

注意力……

還有心——

——在一瞬間全被奪走了。

她就是如此……

超乎常人……

非比尋常——

「甚至是暴力般的，美麗」。

「妳、是……」

「…………………」

聽見少年說的話後，少女像是這才發現他的存在般慢慢地抬起頭。

——怦通。

心臟收縮。

「……，……，……」

少女的唇瓣微微開啟。

少年聽見她的聲音——

◇

「…………妳是——」

在模糊的意識中傳來這樣的聲音。

經過數秒後才發現那似乎是從自己的喉嚨發出來的。

「咦……？奇怪，這裡是……」

朦朧的視野逐漸清晰。熟悉的房間。看來自己是躺在〈佛拉克西納斯〉的醫務室裡。

「……哦，你醒了啊，小士。」

這時，頭上傳來別人的聲音。士道抬起下巴，望向上方。

「什麼……！」

然後不由得瞪大雙眼。

看來令音是站在床頭，但從士道的位置看過去，比她的臉先映入眼簾的是那攻擊力十足的胸器。

「……嗯？怎麼了？」

「啊，不，沒什麼……」

士道臉頰泛起紅暈，一臉尷尬地將臉轉開。

於是便看見似乎是在床邊守護他的精靈們。

「士道！你還好嗎！」

「請不要……勉強自己。」

一臉擔憂的精靈們衝到士道身邊，表達各自的意見。士道有些困惑地回答：

「怎、怎麼了？妳們幹嘛那麼緊張？」

「還敢問！因為你突然昏倒，害我們嚇一跳！」

「首肯。你將〈封解主〉插進頭部後，喃喃自語了一會兒，然後就昏倒了。」

「咦……」

八舞姊妹說完，士道微微歪了歪頭——「啊」了一聲。

沒錯。正如她們所說，士道的記憶在他將〈封解主〉插入頭部後便中斷了。

「這樣啊……抱歉，讓妳們擔心了。」

「不會，你醒來就好。」

「就是說呀～還好沒事～」

「我的吻果然喚醒睡美人了。」

「咦……？」

折紙若無其事地在大家說話時插進了一句驚人的話。士道驚愕得瞪大雙眼。

不過，琴里立刻輕輕敲了一下她的側頭部。

「妳在胡說什麼啊！最好士道會相信啦！」

「妳確定我在胡說嗎？這個空間飄浮著許多分子，難說我吐出的氣息所蘊含的分子沒有碰到士道的嘴巴。換句話說，就算視為間接接吻也沒問題吧。」

「！請、請等一下，教授！這麼說來，從剛才開始就一直待在同一個房間的我不就跟其他所有人……！」

「處於激烈交纏深吻的狀態。」

「沒想到在野有這種天才存在！學會到底在做些什麼呀～～！」

誘宵研究員對鳶一教授劃時代的學說激動地表示贊同。可以看見琴里將手擱在額頭上唉聲嘆了一口氣。

其中有一名少女一臉抱歉地縮著肩膀——是六喰。

「唔……」

「六喰？」

士道出聲詢問後，六喰便抖了一下，接著說：

「……抱歉，郎君。都怪妾身要你使用〈封解主〉……」

說完，六喰一副歉疚的樣子露出陰沉的表情。

士道吐了一口氣後坐起身子，像在表達自己完全不要緊。

「妳看看我，一點事情也沒有。而且根本不是妳害的，其實我今天早上就因為睡眠不足，身體狀況不太好。」

「郎君……」

或許是察覺到士道的心意了，六喰點點頭。

其他精靈見狀也露出微笑。

接著過了幾秒，像是在等待其他人說話告一段落似的，牆邊傳來真那的聲音。

「──兄長，在你剛醒來就這麼請問你是很不好意思啦，不過，結果怎麼樣了呢？」

「咦？」

「我是在請問你〈封解主〉的結果。看樣子人格是沒有變啦……你有想起什麼事嗎？」

「…………」

真那說完，所有人都嚥了口水。精靈們的視線同時集中到士道身上。

真那問的問題很有道理。因為士道原本就是為了尋找遺忘的過去記憶中是否有關於「崇宮澪」的線索，才使用〈封解主〉的。

然後──士道看見了。

看見明明是自己的卻又感到陌生的記憶。

看見理應不曾目睹的已知光景。

「嗯，這個嘛……」

士道卻在這時止住話語。

但他並非打算賣關子，也沒有想對大家隱瞞他的記憶。

只是單純地──想不太起來他看見了什麼罷了。

「咦……真是奇怪。我的確……有看到什麼畫面。」

他將手抵在額頭上，發出呻吟般的聲音。不過，即使再怎麼絞盡腦汁，已在腦海裡煙消雲散的光景也沒有顯現出影像。

打個比方，就像從夢境中清醒後的感覺。明明前一刻還在作夢，清醒的瞬間，夢裡的世界卻像糖果般碎裂，腦海裡只留下「有夢見什麼」這種有如夢境殘骸般的實際感受。

「……可惡，我到底看見了什麼？為什麼我記不起這麼重要的事……」

當士道抱頭苦思時，突然有人將手溫柔地搭在他的肩上——是令音。

「……冷靜點，小士。不需要焦急，只要再想其他方法就好了。」

「令音……」

士道抬起頭，室內的精靈們也紛紛點頭表示同意。

「沒錯，士道，一定還有其他方法才對！」

「……反正本來就沒有頭緒，不過是回到原點罷了，用不著在意。」

「是啊～～少年你真會吊人胃口～～」

「……嗯，說的也是。謝謝妳們。」

聽大家這麼一說，士道嘆息著如此回應。

老實說，士道受到無力感與輕微的自我厭惡所折磨，但總不能表現出來讓其他人感到不安。

他伸出雙手拍了拍臉頰打起精神後，抬起頭說：「好了！」

「就是要有這樣的氣概，兄長──所以，我有一個提議。」

真那豎起一根手指說道。士道納悶地歪了歪頭。

「提議？」

「沒錯。剛才使用的天使──是叫〈封解主〉吧？這次能不能換刺進我的頭看看？」

「咦……？」

士道聽了這番話，瞪大了雙眼。

不過，他馬上便了解真那的意圖。

失去記憶的不只士道一人，真那也封印起過去的記憶。

而既然她是士道的親妹妹，她的記憶裡或許會有關於「崇宮澪」的情報。這個提議確實非常合理。

「原來如此，妳說的確實……」

這時，琴里卻快步走向前，介入真那和士道之間。

「好了、好了，下次再說。先等士道康復吧？」

「咦？不用，我已經……」

就在士道想高聲反駁時，這次換二亞插了進來。她似乎察覺到了什麼事。

「沒錯、沒錯，男生一但拔出來就必須休息一會兒才行。就算少年還年輕，也不該讓他太勉強喔，小真真。啊，我是指天使的事情喔。」

二亞這麼說著瞥了士道一眼。

士道目瞪口呆地望著她們數秒——不久後才意會過來兩人的心思。

「啊……」

真那的記憶的確遭到封印。

但那不只包含士道等人期望的「崇宮澪」情報，還包括真那過去被DEM Industry抓走，身體被施以魔力處理時的事。

雖然不知道她究竟受到怎麼樣的對待，但肯定是不愉快的遭遇。

既然無法保證〈封解主〉會選擇記憶解鎖，最好還是避免用在真那身上。

「……也是。抱歉，真那，下次再說可以嗎？」

「唔嗯……」

士道說完，真那癟起嘴撫摸下巴。

看來她並非完全理解士道等人的意圖，但應該察覺到必定有什麼理由了吧。真那嘆了一口氣，揮揮手。

「我知道了。既然你們這麼說，我也就不堅持了。」

說完，意外地放棄得很乾脆。

這名少女還是一樣通情達理，爽快俐落。儘管外表看起來像國中生，但真那深思熟慮的部分與威嚴不亞於大人。老實說，偶爾會讓人分不清到底誰年紀比較大。

「嗯……抱歉啊，真那。」

「不會。我才抱歉，沒有顧慮到你的身體狀況。」

真那說完，琴里吐出安心的氣息。這位妹妹腦筋也轉得比士道快，是個可靠的司令官。

「總之，你現在就先休息吧。看你好像還殘留著『有看見什麼』的感覺，如果沒問題，下次一邊測量腦波一邊使用〈封解主〉看看吧，搞不好能知道些什麼。」

「嗯，就這麼做。」

士道說完，琴里回以首肯，接著拍拍手。

「好，那大家就先回去吧。太吵鬧的話，士道沒辦法好好休息。」

「沒問題。我有自信能消除氣息。」

「人家留下～～！人家會唱搖籃曲～～！」

「我留下！我會素描少年的睡臉！」

「那三個人去上廁所時，要派人監視。」

琴里瞇起眼如此說道，推著精靈們的背將她們趕出醫務室。

士道苦笑著目送她們的背影，緩緩嘆息並再次躺回床上。

「……崇宮，澪……」

然後呢喃著這個名字，朝天花板伸出手，一根一根收起手指握拳。

──只有一件事。

沒錯，只有一件事，士道沒有對琴里她們說。

他並非謊報事實，他確實有感覺看到了什麼畫面，卻想不起內容。

然而──不知為何。

當他聽見、想起、呼喚記憶裡本應不存在的崇宮澪之名時──

就湧起一股心臟絞緊般的感覺。

「…………」

士道一語不發地放下手，蓋上棉被，閉上雙眼。

◇

「…………」

艾蓮．梅瑟斯坐在公司一室的椅子上，一副不耐煩的樣子不停抖著腳。

她擁有一頭宛如匯集了月光的淡金色頭髮與一雙碧眼。這名少女年輕得不像背負著DEM Industry第二執行部部長這種盛名，容貌可愛得彷彿妖精。

不過，那美麗的五官如今卻因為過度的壓力而皺成不快的表情。

原因再清楚不過。

「——我說，妳是父親大人的青梅竹馬吧？」

「以前的父親大人是怎樣的感覺？」

「話說，不覺得阿爾緹米希亞很難唸嗎？沒有暱稱之類的嗎？」

「要取什麼？阿爾米？」

「呀哈哈哈哈哈！」

「對了，艾蓮，妳用哪一牌的洗髮精啊？」

「啊，頭髮分岔了。」

……云云。

因為平常安靜的室內簡直像女校教室那般被喧譁所籠罩。

目測室內現在至少有二十名以上的少女聚在一起吵吵鬧鬧。

令人難以置信的是，她們全都長得一模一樣，擁有深灰色頭髮與一雙藍綠色眼眸。

〈妮貝可(Nibeelcole)〉——以魔王〈神蝕篇帙(Beelzebub)〉的力量與DEM Industry的超凡技術所製造出來的擬似精

靈。
就如同她們擁有同樣的容貌，她們的聲音也如出一轍，唧唧喳喳的閒聊聲毫不客氣地從四面八方傳來。而且自從她們誕生之後，幾乎每天都是這個狀態。對個性本來就難以說是不拘小節的艾蓮來說，這環境實在令她很難忍受。
「……〈妮貝可〉，妳們不能安靜一點嗎？」
艾蓮不耐煩地說完，〈妮貝可〉群便表現出一副不知道為何挨罵的模樣，瞪大雙眼。
「咦咦？我們只是很普通地在聊天而已啊。」
「我說呀，果然上了年紀就會比較敏感嗎？」
「妳是指歇斯底里嗎？好可怕喲～～」
「…………」
〈妮貝可〉吵鬧的聲音令艾蓮眉尾抽動了一下。
於是，坐在她對面的阿爾緹米希亞張開手心安撫她：
「好了、好了……她們看起來又沒有惡意。」
「這也是一個問題。沒教養的小孩跟猴子沒兩樣。不管有沒有惡意都應該就結果而論吧。」
艾蓮悻悻然說完，〈妮貝可〉群便一臉不滿地嘟起嘴。
「幹嘛這樣說呀？那艾蓮妳自己不也有問題嗎！」

「就是說嘛。我們明明就只是在聊天而已，幹嘛找碴？」
「嫉妒我們年輕也該有個限度吧。」
「要是沒有顯現裝置，妳比常人還不如。」
「弱不禁風的豆芽菜部長～～」
「！等一下，最後那個外號，妳們是從哪裡聽來的……！」
「咯噠」一聲，艾蓮從椅子上站起來。於是〈妮貝可〉群樂不可支地發出「呀哈哈！」的笑聲，在室內飛來飛去。
「妳們這些傢伙，鬧夠了沒———」
正當艾蓮想發動顯現裝置時———卻在前一刻打消念頭。
因為在她站起來的瞬間，房門開啟，一名男子走了進來。
他給人的印象就像聚集黑暗再壓縮成人形的感覺。黯淡的灰金色頭髮，以及鐵鏽色的雙眸。年紀頂多三十幾歲吧，卻散發出不符年齡的魄力與威嚴。
艾薩克・雷・貝拉姆・威斯考特爵士，巫師之王，一手建立起DEM Industry。
「———喔喔，妳們大家都聚在一起啊。正好。」
「父親大人！」
看見那個身影的瞬間，室內的〈妮貝可〉群同時聚集到威斯考特身邊。

「工作忙完了嗎？」

「你聽我說，艾蓮她好過分喲。」

「就是說呀。我們又沒做錯事，她卻找我們的碴。」

「要是她生氣，我們可拿她沒辦法，會拿大便丟我們呢。」

「外表是豆芽菜，智商是大猩猩。」

「妳說誰啊……！」

這次艾蓮沒有忍住，隱形的隨意領域隨著怒吼聲在她身體周圍展開，勒緊位在旁邊的〈妮貝可〉身體。〈妮貝可〉發出痛苦的叫聲，消失身影。之後，一張陳舊的紙張飄落在地。

並非艾蓮利用顯現裝置改變她身體的性質，而是她們原本就是書之魔王〈神蝕篇帙〉的書頁幻化而成，不過是生命活動被中斷，變回原本的姿態罷了。

不過，〈妮貝可〉群的個體就等於全體，全體也集合為一體。所有〈妮貝可〉共享記憶與人格，是「個體」感覺曖昧不清的魔導生命體。

從她們的角度來看，這種程度還算不上「死亡」，頂多只是像指尖被輕輕敲打的感覺吧。而實際上剩下的〈妮貝可〉們對同伴消滅也毫無悲嘆的樣子，只是一臉不滿地看向艾蓮。

「呀～～真狠心～～」

「竟然下得了這種毒手～～」

令人惱怒的喧鬧聲又開始鼓噪。艾蓮狠狠地瞪著其他個體。

這時，威斯考特發出極為沉穩的聲音說：

「艾蓮，冷靜點，沒必要刻意減少同伴的數量吧。」

「……是。非常抱歉，艾克。」

聽艾克這麼一說，艾蓮便解除了隨意領域。她對〈妮貝可〉依然感到煩躁，但威斯考特說的話也不無道理。

威斯考特淺淺一笑後邁步向前，觸碰落在地上的那張數秒前還是〈妮貝可〉的紙。

剎那間，紙張散發出淡淡的光芒，隨後從中冒出一名少女——是剛才被艾蓮的隨意領域絞殺的〈妮貝可〉。

「呸～～！」

〈妮貝可〉對艾蓮伸舌頭扮鬼臉後，立刻躲到威斯考特背後。

「…………」

老實說，艾蓮還想再絞殺她一次，但總算讓心情平靜下來，吐了一口氣。

她乾咳了一下重新打起精神後，望向威斯考特。

「……所以，艾克，你剛才說正好，是什麼意思？」

「喔喔。」

艾蓮說完，威斯考特便像是突然想起來似的點了點頭。

然後舉起右手，顯現出一本漆黑的書。

那是威斯考特從精靈手上搶來的無所不知的魔王〈神蝕篇帙〉。

「雖然花了一點時間，但終於查出來了——看來果然是〈夢魘〉在得知我們的襲擊計畫後加以妨礙。」

「……這是什麼意思？」

「就是字面上的意思。〈夢魘〉早就知道我們會襲擊……不對，正確來說，是實際體驗過了。然後再推翻已知的事實，幫助五河士道躲避即將面臨的死亡命運——當然是利用時間天使〈刻刻帝〉的力量。」

「什麼……」

聽完威斯考特說的話，艾蓮不禁皺起眉頭。

但她立刻便聽懂這句話的意思。多麼驚人的天使力量。不過，如果沒有這種程度的能力，威斯考特也沒必要搶到手了。

「……原來如此，還真是棘手呢。不管我們如何應對，對方都會見招拆招是嗎？」

「是喔？果然是這樣啊～～」

「難怪那女生像通了靈似的，簡直就像知道我們會在什麼時機出現。」

「是啊。要不然，艾蓮也就罷了，怎麼可能連我們都鎩羽而歸？」

「……今天小飛蟲真吵啊。要不要噴個殺蟲劑呢？」

艾蓮惡狠狠地瞪向〈妮貝可〉後，她們便裝腔作勢地發出尖叫：「呀～～！」「父親大人我好怕～～！」緊抓住威斯考特不放。

「總之，只要〈夢魘〉手上握有〈刻刻帝〉，我們就必定居下風，對吧？」

「沒錯——不過，那也不盡然是壞事。」

「怎麼說？」

艾蓮詢問後，威斯考特揚起嘴角。

「對我們而言沒幾次的戰役，〈夢魘〉卻經歷了數百次。不斷重複同一件事比想像中還要勞神費力，更別說每次都得目睹心愛之人的遺容。」

「…………」

聽威斯考特這麼說，艾蓮在腦海裡想像自己親愛之人被殺害無數次，為了避免死亡命運而不斷嘗試無止盡的挽救之路的畫面。

——即使是身為最強巫師的艾蓮，也不禁毛骨悚然，並且差點對承受這個重擔至今的敵人〈夢魘〉時崎狂三肅然起敬。

「……意思是，等〈夢魘〉自己放棄嗎？」

「這是一定的吧。反正對我們來說不過是幾天的事。說是等待，也花不了多少時間。」

「但是——」威斯考特繼續說：

「時光能不停倒流這一點本身就令人畏懼。難保她不會在幾千幾萬次重返時光之中找到出乎我們意料的解決方法——既然如此，我們也必須竭盡全力讓她盡早放棄。」

「竭盡全力嗎？」

「是啊。正如字面上所示——投入DEM Industry全部的執行力，徹底擊潰五河士道，摧毀她的希望、理想，一切的一切。讓〈夢魘〉就算事先得知所有事實，也絕對無法回避。」

威斯考特如此說完，加深臉上的笑意。

於是那一瞬間，設置在室內天花板上的通風口傳出聲音，隨後從中飄落幾張紙。陳舊的紙張飛舞在空中，快要觸碰到地板時釋放出淡淡的光芒，幻化為少女的姿態——當然，是〈妮貝可〉的樣貌。

「父親大人、父親大人，你看、你看。」

「我抓到這種玩意兒。」

說完，〈妮貝可〉將收在背後的手上拿著的東西舉到威斯考特面前。

艾蓮見狀，微微皺起眉頭。

「……！」

「這是……」

旁邊的阿爾緹米希亞也驚訝得瞪大雙眼。

不過，那也是理所當然的事。因為〈妮貝可〉手中拿著的，是一顆被斬斷的少女頭顱。綁成左右不均等的黑髮，以及白皙的肌膚。半睜的左眼露出時鐘錶盤般的圖樣。可能是因為剛砍斷不久，脖子的切面還滴滴答答流著血。

怎麼可能忘記特徵如此明顯的容貌？那是時崎狂三，剛才正好提到的精靈〈夢魘〉。

她能利用天使的能力截取自己的過去，製造分身。大概是命令分身潛入這裡吧，目的恐怕是諜報或暗殺。

「哦，妳立下功勞了呢，〈妮貝可〉。」

威斯考特說完，〈妮貝可〉便滿心歡喜地發出「嘿嘿嘿」的靦腆笑聲。如果她手上沒有抱著剛砍下的噴血頭顱，看起來可能會像是一幕溫馨的親子情。

「不過，讓其他幾個同夥逃走了。」

「搞不好聽到了父親大人你們的談話。」

〈妮貝可〉一臉抱歉地如此說道。不過，威斯考特一點也不在意地笑著說：

「沒關係。只要她手上有〈刻刻帝〉，遲早會知道。這樣也好，就讓我們和〈夢魘〉在知道雙方所有計謀的情況下，全力一戰吧。」

威斯考特裝腔作勢地張開雙手，抬起下巴仰望上方。

「應該最少還有一個人留下吧，〈夢魔〉的尖兵啊。如果妳在，轉告妳的主人。」

然後露出邪魅一笑，接著說：

「——我會殺死五河士道。

無論妳讓時光倒流多少次，

重返世界多少次，

改寫歷史多少次，

我都會徹底殺死他，讓妳無法推翻他的死亡命運。

好了，試著抵抗吧——『最邪惡精靈』。」

雖然沒有聲音回應這番宣言，但不知為何，艾蓮卻覺得盤踞在四周的影子似乎憤怒地晃動了一下。

第二章　夢魔的潛德

「……這樣果然會鬧出大事吧。」

少年在自家房內抱頭苦惱。

不過，那也是理所當然的事。因為——

「……唔。」

少年用眼角餘光瞥向房間角落——床的方向。

正確來說，是瞥向一名坐在床上的少女。

「…………」

宛如人造品般美麗的少女一臉呆愣地慢慢環顧整個房間。雖然上半身穿著少年剛脫下來給她的衣服，但下半身仍是一絲不掛，每當她一動，性感的肌膚就若隱若現。

沒錯。在神祕的大爆炸發生後約一個小時。

少年竟然將位於爆炸現場中心的少女帶回自己房間。

「……不、不、不。」

少年甩了甩頭否定掠過腦海的危險詞彙。

不是的。他絕對不是因為心懷不軌，應該說是不可抗力的因素……迫於無奈的關係。

少年在腦中不斷說著類似藉口的話語，同時隱約想起一小時前的事。

（——妳、妳沒事吧？有沒有受傷？）

一名神似天使或女神的少女站在文明崩毀的大地中心，吸引了少年的目光。少年好不容易才從僵硬狀態解放，這麼問出口。當然，他盡量不望向少女的裸體。

雖然不知道少女究竟是何許人也，但唯一能確定的是，如今這個狀況非比尋常。他認為首先要做的，應該是確認這個奇蹟般的倖存者的身體狀態。

然而，少女儘管對少年的聲音產生反應，緩緩將視線移向他，卻一語不發，只是目不轉睛地盯著少年的臉。

（唔……）

少年望著她那凝視自己的寶石般的雙眸，臉頰更加通紅了。

於是，少女終於開啟脣瓣。

（……啊……唔……）

不過，那實在稱不上語言。呻吟——不對，也不是感到痛苦的樣子，似乎就只是震動喉嚨發出聲音罷了。

（……？妳、妳不會說話……嗎？）

少年皺起眉頭，陷入沉思。

——該不會是因為那場爆炸帶來的衝擊，突然說不出話了吧？如果把她沒穿衣服想成是受到爆炸的波及，倒也情有可原，但她卻毫髮無傷。還是說……她是被邪惡祕密組織抓走的特殊少女，一絲不掛地被放進像科幻作品中常見的巨大圓筒形機艙——這種感覺嗎？剛才的爆炸是那個祕密組織實驗失敗所引起，因此被關在地下的她恰巧逃脫……

（……啊啊，不管了啦！）

少年搖搖頭甩開在腦中展開的龐大故事後，脫下自己身上的外套，讓少女穿上。

放任她光著身子，可能會感冒——重點是，他無法忍受散發出神聖氣息的她一絲不掛地暴露在空氣中。

（……！……？）

外套觸碰到少女肩膀的瞬間，她吃驚得瞪大雙眼，身體微微顫抖。

（啊，抱、抱歉……嚇到妳了嗎？可是，光著身子實在是……）

少年連忙解釋後，少女便眨著眼睛，開始摩蹭、拉扯披在她肩上的外套。

（…………）

不久後，她似乎終於明白那是溫暖的東西，露出鬆了一口氣的表情。

（那、那個……妳走得動嗎？不對，光著腳會痛吧。如果妳不嫌棄，我揹妳，總之先離開這裡吧。妳知道自己家……）

（……？）

少女聽見少年說的話，一雙眼睛瞪得老大。

（……怎麼可能知道嘛。）

少年搔了搔臉頰露出苦笑後，便在少女面前蹲下。

——於是，時間來到現在。

「不是的。我絕對沒有居心不良。」

少年強調似的喃喃自語。

他起先也打算帶少女去醫院。不過，當他揹著少女抵達還留有建築物的市區那瞬間，便明白整個城鎮已陷入宛如世紀末的大混亂之中。

冷靜思考過後，這也是理然當然的事。畢竟在沒有任何預兆之下，遍及約幾十公里的空間就消失了。散布四周的衝擊波也破壞了周邊環境，傷者人數多如牛毛。再加上附近理應收容那些傷者的大型醫院已被剛才那場爆炸夷為平地。

現在的狀態就是如此混亂。少年選擇先將少女帶回沒受到爆炸波及的自家休息並不是什麼奇怪的判斷……至少他是如此說服自己的。

少年一家四口，父母因長期出差已經很久沒回家了。讓她暫時休息一下應該不成問題——

「——兄長！你沒事吧！」

瞬間。

房門伴隨著那道聲音一把被打開。

循聲望去，發現那裡站著一名少女。她將頭髮綁成一束，臉上還有一顆明顯的淚痣。今天應該是假日，但可能是因為有社團活動，她穿著黑色水手服，肩上揹著包包，單手握著竹刀袋。想必剛才是用跑的，她的額頭冒出斗大的汗珠，肩膀劇烈地上下晃動。

「——真那。」

少年叫喚這個名字回應呼喚後，妹妹看到他平安無事便吐出安心的氣息。

「……噫！」

但又立刻屏住呼吸。

因為妹妹在看見少年的臉而鬆了一口氣後，表情旋即染上疑惑之色。

不過這也無可厚非。若是哥哥的房裡有一名半裸的美少女在，任誰都會露出那種表情吧。

「聽、聽我說，真那，這是因為——」

「…………」

真那來回凝視少年與少女的臉，沉默片刻後慢慢走到少年身邊，溫柔地將手搭在他肩上。

「……沒關係，我會站在兄長你這邊的。以後好好贖罪吧。」

「沒關係妳個頭啦！」

少年忍不住大叫出聲，不過真那似乎沒在聽。少年猛力搖頭，試圖解開誤會。

「等一下、等一下！為什麼事情會變成這樣啊！要誤會的話，好歹換個說法，像是：『呀！兄長真是的，竟然帶女朋友回來，打擾你們了！』之類的吧！」

「你怎麼可能會有女朋友啊！別小看妹妹的法眼！」

「妳就那麼肯定嗎，渾蛋！」

「那麼，難道是你說的那樣嗎？」

「…………那倒不是啦。」

「看吧，我就說吧！」

少年挪開視線，回答真那的問題。於是，真那氣憤地吐了一口氣，從竹刀袋中抽出愛用的竹刀貪狼丸（真那命名），砍向少年。少年連忙舉起雙手，在竹刀快要觸碰到額頭時將它擋下。

「請給我從實招來！你到底是從哪裡把人擄來的！」

「什麼！就、就說妳誤會了嘛！我是看她一個人，才把她帶過來的！」

「那就叫作擄人啦～～～～！」

「我剛才自己說出來也覺得是耶～～～～！」

面對真那的怒吼，少年也回以吶喊。的確，從字面上來判斷，完全是犯罪行為啊。

「總、總之，妳先聽我說！這女生……本來待在那場爆炸的現場！」

「……咦？」

少年表明苦衷似的大喊後，真那才終於減弱握住竹刀的手勁。

「這是怎麼回事？」

「就是我說的那樣啊。剛才我被那場爆炸波及時——發現了她。」

少年大致說明了遇見少女時的狀況，還有之所以帶她回家的來龍去脈。

「唔嗯……」真那做出沉思的動作，並且瞥了少女一眼。

「原來如此。如果以你的頭沒被撞壞或是沒看到幻覺的前提來思考……」

「啊，妳不覺得我有可能在說謊嗎？」

「你怎麼可能對我說謊啊？你可是我的兄長呢。」

少年打岔後，真那便如此斬釘截鐵回答……真不知道這個妹妹到底是相信哥哥還是不相信。

「總之，以那些前提來思考的話，未免太多疑點了。那個女生到底是誰？為什麼會待在那種地方？」

「我、我哪知道……妳問我，我問誰啊？」

少年一臉困惑地回答後，真那便露出銳利的視線瞪向少女。

「……該不會，是她引起那場爆炸的吧？」

「啥……？別、別胡說。人類怎麼可能做到那種事——」

「——哈啾！」

就在少年與真那輕聲長談的時候，床的方向突然傳來這樣可愛的聲音。

看來少女似乎打了一個噴嚏。對了，上半身是讓她披上了一件衣服，但她的下半身到現在仍一絲不掛。

「妳、妳還好嗎？」

「啊～～真是的，兄長你在幹什麼呀？真拿你沒辦法。我去拿我的居家服，稍等一下——」

「……嗯，啊……」

就在真那正要走向自己房間時，少女吸了一下鼻子，並且凝視著真那。

於是下一瞬間，少女的周圍纏繞著淡淡的光粒，隨後身上便顯現出與真那穿的那件同款式的水手服。

「什麼……？」

「咦……？」

目睹眼前發生的超常現象，少年與真那目瞪口呆地看向彼此。

◇

「……唔噗！」

腹部受到一股強烈的衝擊，士道因此醒來。

「……咦？咦……？怎、怎麼回事？有人襲擊嗎？」

他一時之間搞不清楚狀況，慌亂得眼珠子直打轉。

然後發現自己的肚子上矗立著一道眼熟的輪廓。

數秒後，隨著腦袋逐漸清醒，士道終於明白在自己身上發生了什麼事。

「啊，醒來了嗎？可是，哥哥，你這樣不行喲。唔噗已經是老反應了吧？你要注意一點。」

說完，站在士道上面的琴里晃著繫上白色緞帶的頭髮，發出「嘖嘖」兩聲，擺動著手指。

看來是琴里粗暴地叫他起床。由於最近琴里都沒使出這招，他一時疏忽大意，因此稍微嚇了一跳。

望向四周，映入眼簾的是熟悉的自己的房間。沒錯，士道現在正躺在位於天宮市的自家房間裡，並非〈佛拉克西納斯〉的醫務室。

在那之後，士道在醫務室小憩片刻，接著與其他人一起用餐便返回地上。

「琴里……」

「喝啊！」

「嗚啾！」

琴里蹬了一下士道的肚子跳下床，完美著地。士道再次受到衝擊，發出短促的慘叫聲，同時縮起身體。

「我、我說妳啊……雖然每次都這樣，但妳就不能溫柔一點地叫我起床嗎？」

「唔！你這樣說會讓人誤會的，說得好像是我突然跳到你身上一樣。不不不，才不是那樣。我是很正常地叫你起床後，循序漸進，無可奈何下才造成這種局面的。我覺得睡死到這種地步的你也要負一部分的責任。」

「我姑且問一下，具體來說，妳是怎麼叫我起床的？」

「上樓時故意發出很吵的腳步聲。」

「……連上個樓梯發出的腳步聲都可以拿來利用，這種態度值得讚許。」

士道嘆了一口氣說完，也不知道琴里有沒有聽懂他話中的含意，一副不好意思的樣子笑道：

「嘿嘿嘿，被稱讚了。」

不過，她立刻像是想起什麼似的瞇起雙眼，目不轉睛地凝視士道。

「幹、幹嘛啦。」

「嗯～～……沒有啊，話說，哥哥，你剛才說夢話，低喃了什麼『真那』、『誤會』、『斯里賈亞瓦德納普拉科特』，你到底作了什麼夢啊？為什麼夢到的不是我，而是真那？」

「呃，第三句是什麼啊！我有說過那種夢話嗎？」

士道喊得都破音了，拚命回想剛才作的夢。但是不論再怎麼挖掘記憶，也想不起任何畫面，尤其是最後一句。

然後或許是看見士道的反應，琴里樂不可支，「啊哈哈」地笑了。

看來似乎是在開玩笑。士道唉聲嘆了一口氣。

「……真是的。算了，所以，現在幾點了？」

士道朝放在床頭的智慧型手機伸出手並如此說道。

明亮的陽光已從窗外射了進來。雖然不認同琴里粗暴至極的叫醒方式，但士道似乎確實睡得比平常深沉。

「……呃，九點！真的假的啊，學校已經開始上課了嘛！」

一看見手機螢幕，士道瞪大雙眼，連忙從床上跳起，打算走出房門。

不過，這時琴里一把抓住他的衣袖妨礙他的行動。

「哇，琴里，妳幹嘛啦……話說，妳也得去上學吧。至少要趕去上第二堂課——」

「……唉。」

士道說完，琴里嘆了一大口氣。

然後一臉無奈地搖了搖頭，從口袋拿出黑色緞帶，立刻熟練地重綁頭髮。

那是琴里獨特的思維模式。繫白色緞帶時是天真無邪的少女；而繫黑色緞帶時則會變成威風凜凜的〈拉塔托斯克〉司令官。

「——士道，你到底在慌張什麼啊？你該不會打算去上學吧？」

「那是當然啊……嗯？今天是假日嗎？」

不知是否因為最近一陣混亂，分不清今天是星期幾了。他再次探頭看手中的智慧型手機螢幕，不過……今天並不是假日，而是平常要上學的日子。

然而琴里再次嘆了一口氣，訓誡士道般接著說：

「我說啊，你還沒清醒啊？ＤＥＭ現在想要你的命耶——不對，如果狂三說的話可信，你本來早就已經死了耶。為什麼要特地去那種警備不足又會波及到周圍的地方啊？」

「啊……」

聽琴里這麼一說，士道瞪大了雙眼。

真是一語中的。雖然看到時間就反射性地動起來，但在這種緊急事態下還去什麼學校啊？

「抱歉……不過——」

不過……有一件事。士道十分明白琴里言之有理，但還是掛心一件事。

「不知道狂三……有沒有去上學。如果有——我非去不可。」

沒錯。如今士道確實被DEM Industry這個龐大組織盯上性命，無法輕舉妄動。

但是，士道同時也正在對狂三展開攻勢。

況且他都還沒向狂三道過謝。倘若狂三為了見士道而待在學校，他怎麼能置之不理？

想必琴里也理解士道的心情吧。儘管她「呼」地吐了一口氣，還是點頭表示認同。

「是啊，我明白。我也不能放下狂三不管——現在〈佛拉克西納斯〉已經派出自動感應攝影機到學校了，要是發現狂三的身影，我會破例允許你和她接觸。當然，〈佛拉克西納斯〉會直接送你到學校，避免上下學時會遇到的風險。」

「嗯嗯……謝謝妳。這樣就足夠了。」

士道說完低頭向琴里道謝。琴里搔了搔臉頰，有些害羞地挪開視線。

然而，下一瞬間——

「——哎呀、哎呀，真是開心呢。竟然為了『我』花這麼大的心思呀。」

「什麼——」

「咦……？」

出乎意料的聲音突然從右方傳來，士道和琴里不約而同地望向聲音來源。

便看見一名不知何時現身的少女。

一頭光澤亮麗的黑髮、白瓷般的肌膚。而她的雙腳膝蓋以下仍陷在盤踞於地板上的影子中。

「……狂三！」

士道不可能認錯她的臉。他驚愕得瞪大雙眼，呼喚她的名字。

然而——並非如此。士道凝視著從影子慢慢浮起的她的容貌，嚥了一口口水。

站在那裡的確實是時崎狂三本人，這一點無庸置疑。

不過，現在出現在兩人眼前的狂三並未像平常那樣綁起頭髮，而是戴著薔薇髮飾。服裝是單色的哥德蘿莉風——重點在於，左眼還戴著醫療用眼罩。

士道對這副外表的特徵有印象。那是士道過去回到五年前的世界時所遇到的狂三——同時也是上次告訴他狂三背後真相的分身。

「呵呵呵，士道、琴里，兩位好呀。」

眼罩狂三從影子完全現身後，拎起裙襬，優雅地行了一禮。

不過，面對她有禮的問候，琴里依舊保持警戒。琴里以帶有緊張感的視線凝視著她，開口：

「早安啊，狂三。妳今天打扮得很漂亮嘛。」

「呵呵呵，琴里，妳的嘴巴真是甜呢。雖說沒有血緣關係，但妳不愧是士道的妹妹呀。」

狂三露出高雅的微笑。對於她那毫無惡意的模樣，琴里似乎也開始覺得有些不對勁。

「……不過，妳這樣很沒禮貌吧？竟然隨便跑進別人家。」

「哎呀、哎呀，那可真是失禮了。」

狂三聽了琴里說的話後，老實地低頭賠不是。

不過，狂三臉上立刻掛起邪魅的笑容，接著說：

「那麼，也不是要為此表示歉意啦，我就告訴你們一件好消息吧。」

「好消息……？」

琴里納悶地皺起眉頭，狂三便伸出手指嫵媚地觸碰嘴脣說：「沒錯、沒錯。」

然後直勾勾地盯著士道和琴里，輕聲發言：

「——四天後的二月二十日，DEM Industry公司會全體總動員來殺死士道。」

她說出這句絕望無比的話語。

「…………什麼？」

士道並非聽不懂這句話的意思。但是因為告知自己即將被殺害的時間點太過突然，害他只能將眼睛瞪得像牛眼一樣大。

「……這是怎麼回事？」

琴里臉頰也流下汗水，瞪向狂三。於是狂三垂下視線，接著說：

「就算妳這麼問我……就是字面上的意思呀。

我是在說——世界第一顯現裝置的製造商，同時也是世上擁有最多巫師戰力的組織，打算投入無所不知的魔王情報能力與成千上萬的自動人偶，還有無數的擬似精靈，來殺一個人類。」

「什麼……」

士道啞然無言。

DEM過去的確頻頻想取士道的性命，根據狂三所說，實際上他也被殺死了好幾次。

但那終究是趁人不備時來除掉士道的性命，也就是所謂的「暗殺」。

然而狂三剛才所說的，顯然是利用壓倒性的戰力來殲滅敵人——應該稱為「戰爭」的舉動

……不對，如果狂三沒有提供這個消息，士道早就毫無防備地被擊潰了，說是單方面的「虐殺」還比較貼切吧。

「——所以呢？」

正當士道說不出話來時，琴里表情嚴肅地交抱雙臂說：

「狂三，妳特地跑來告訴我們這麼寶貴的消息是為了什麼——妳究竟有什麼目的？」

「哎呀、哎呀，妳的疑心病可真重呢，琴里。我只不過是擔心士道的安危罷了。」

「是嗎……」

琴里懷疑地瞇起雙眼，然後猛盯著眼罩狂三的臉，探求她的本意。

眼罩狂三看見琴里這副模樣，便「呵呵」地苦笑。

「琴里，妳似乎誤會了一件事。」

「……誤會？」

「是的、是的。」

眼罩狂三大大地點了點頭後，裝模作樣地接著說：

「『我』──你們所謂的時崎狂三本人，並不知道我這個分身出現在這裡。將剛才的消息告訴你們，也是我個人自作主張。」

「咦……？」

「妳說什麼？」

士道和琴里的臉龐染上困惑之色。這也難怪，因為目前位於眼前的眼罩狂三是截取自狂三本人過去的分身，基本上是聽從狂三指示行動的尖兵才對。

眼罩狂三一副樂不可支的模樣凝視著兩人的表情，繼續說：

「『我』打算只靠『我』們自己來處理這件事──無論要重複幾次，都必須確保士道能夠活下來。」

「……！」

「不過，恐怕敵方也已經察覺『我』的行動了吧。

——因此才打算全體出動，才打算執行殲滅戰。DEM的作戰並非單純為了殺害士道而執行的手段，而是為了讓穿越時空的『我』心靈受挫。

是出奇招、奇策、奇計這些小技倆無法翻轉結局，堅不可摧的暴風雨。就像天外救星（Deus Ex Machina）強制讓故事劃下句點一樣，名副其實、強而有力的凌厲攻勢。」

「…………原來如此。」

琴里整整頓了一拍後吐出這句話。

「也就是說，妳之所以會來到這裡，是為了催促士道趕快避難……嗎？要〈拉塔托斯克〉在一群狂三奮力作戰時保護士道嗎？」

琴里說完，眼罩狂三便豎起一根手指抵在下巴。

「嗯～～……能這麼做自然是感激不盡啦，但光是這樣還不能算妳對。」

「……？那麼，妳為什麼要瞞著狂三本人，跑來告訴我們這件事？」

琴里露出納悶的表情詢問。於是，眼罩狂三臉上浮現惡作劇般的微笑。

「理由很單純。『我』那麼拚命，受到保護的士道本人卻不知道『我』的辛苦，這樣不是太可惜了嗎？」

說完，眼罩狂三凝視著士道，朝他眨了一下眼。士道心臟一震，還是露出苦笑。

「……原來是這樣啊。」

「不過……總比說一堆有的沒有的藉口來得簡單明瞭多了。要是狂三本人也像妳這麼通情達理就好嘍。」

琴里交抱雙臂尖酸刻薄地說完，眼罩狂三便愉悅地高聲訕笑。

「呵呵呵，呵呵。那真是不好意思了，『我』個性有點頑固——不過，想保護士道的心意是千真萬確喲。這一點請妳諒解。」

「哼……最好後面別再加上『為了搶奪士道的靈力』這句話。」

「……呵呵呵。」

琴里說完，眼罩狂三沒有辯解，只是靜靜地笑了笑。

然後轉身面向後方，裙子因此隨風擺動。

「——好了，我的目的已經達成，就此告辭。為了『我』，想辦法保住性命吧，士道。」

眼罩狂三說完，逐漸沉入自己的影子中。

「狂三！」

士道在眼罩狂三消失前連忙從背後叫喚她。

「叫我有什麼事嗎，士道？」

下半身沒入影子中的眼罩狂三轉頭回應士道。那副模樣宛如在湖畔沐浴的少女……只是湖水的顏色是漆黑的，看起來有點不吉利就是了。

士道凝視著眼罩狂三的眼睛，這麼說了：

「謝謝妳告訴我。如果可以，替我轉告狂三——謝謝妳，多虧有妳的幫助，我現在還能活在這個世上。抱歉上次沒能好好跟妳道謝，也聽說了妳接下來有何打算。真的非常謝謝妳保護我，不過——」

士道露出銳利的視線，懷抱決心接著說：

「——很抱歉，我堂堂一個男子漢也有我的骨氣，不能老是靠妳拯救。我一定會一舉收拾掉DEM，再次站到妳的面前。然後封印妳的靈力……不，不對，不是這樣。」

士道閉了一下眼睛，然後猛然睜大。

「——這次換我來奪走妳的雙脣。做好心理準備吧，我可愛的甜心。」

接著這麼說道，耍帥到連自己都覺得難為情。

「…………」

眼罩狂三目瞪口呆地望著士道數秒。

「……噗，呵呵。」

不久，忍不住捧腹大笑起來。

「啊哈哈哈，哈哈哈哈哈哈！原來如此，原來如此……教訓得好啊。『我』真是幸福呢。」

笑夠了之後，眼罩狂三擦拭著眼角回答：

「……不過，你還真是殘酷啊，士道。我剛才不是說了嗎？我是瞞著『我』偷偷來到這裡的。你要我轉達那些話，不就等於要我招認我獨斷獨行來找你這件事嗎？不聽話的部下，下場只有死路一條。你是要我去死嗎？」

「啊……」

聽她這麼一說，士道瞪大了雙眼。

她說的確實沒錯。士道連忙低下頭更正自己說的話。

「抱、抱歉，我不是那個意思……」

「我明白、我明白。我知道心地善良的你不可能有那種念頭。只是──我雖然生命有限，還是決定要為了『我』實現夙願而死。所以很抱歉，我無法向你保證會將你的話轉達給『我』。」

「……這樣啊，難為妳了。」

士道說完，眼罩狂三便嘻嘻嗤笑著背對士道。

「啊啊，啊啊。你這個人真是無情啊──就算賭上我這條性命，也一定會想把你的話傳達給『我』呀。」

然後由衷感到開心地如此說完，便消失在影子中。

「…………」

「…………」

室內沉默了片刻。

士道和琴里都凝視著眼罩狂三消失的地方，安靜地沉思。

「……我說啊，琴里。」

「……嗯。」

不久後，士道開口說話，琴里便像等待已久似的回答。

「你說的沒錯，士道。把所有事情都交給精靈處理，〈拉塔托斯克〉也太沒面子了吧。」

接著從口袋裡掏出一根加倍佳棒棒糖，用手指轉了一圈後扔進口中。

「——讓狂三還有DEM見識見識我們的本領吧。」

◇

「…………」

今音坐在空中艦艇〈佛拉克西納斯〉休息區的長椅上，一語不發地眺望天空。

沒錯，是「天空」。休息區的天花板並非使用牆面那種素材，而是用高透明度的強化玻璃覆蓋，因此能看見藍天、雲霧，以及燦爛的陽光灑落艦內。

利用顯現裝置驅動的空中艦艇由於使用隨意領域來防護艦身，本體裝甲的重要性低於普通的戰艦。但考慮到能在緊急時刻長期收容精靈這一點，就算犧牲一些強度，還是充實了像這樣的休息區、舒適的住宿環境，以及娛樂設施等。

……說了一大堆冠冕堂皇的理由，其實是琴里和艾略特・伍德曼都很喜歡這種「消遣」。

但這也不是什麼壞事。說到底，空中艦艇以及顯現裝置這種東西本身其實本來就不可能存在於這個世上。

——精靈這種存在帶來的凌駕於人類智慧，具體呈現出幻想的裝置。

那麼把它用在精靈身上不是天經地義的事嗎？實際上，〈佛拉克西納斯〉改造後，造訪這裡的精靈們看到玻璃外的景色都喧鬧不已。

「……呼。」

而且——令音也不討厭這個地方。

她輕輕吐了一口氣，仰躺在長椅上。

然後拿出從〈拉塔托斯克〉制服口袋中冒出一顆頭的絨毛小熊，像在玩「飛高高」一樣用雙手舉起它。

「…………」

令音以天空為背景，呆愣地凝視著那隻小熊。

這個絨毛娃娃已經很舊了。雖然造型可愛，但因為全身修修補補，簡直像殭屍或科學怪人。

「……還有一個，不……兩個吧。」

她輕聲低喃，自言自語。

接著，彷彿在回應她似的，隱藏在口袋裡的通訊終端機微微震動。

「……嗯。」

令音緩慢地坐起身後，將小熊玩偶塞回胸前口袋，改拿出通訊終端機。按下通話鍵後，立刻傳來耳熟的聲音。

『——！啊，村雨分析官，我是椎崎。』

是〈佛拉克西納斯〉其中一名船員椎崎。她的聲音散發出些許緊張和焦躁。看來是發生什麼事了。

「……嗯，怎麼了？」

『請立刻到作戰指揮室集合——據說今天早上時崎狂三出現在司令和士道面前，事先通知他們DEM將會發動總攻擊。等一下要召開對策會議……！』

「……唔嗯。」

令音微微皺起眉頭，用另一隻手撫摸下巴。

DEM的總攻擊。她並非沒料想到這個可能性。因為DEM的首領是艾薩克·威斯考特，他手中還握有魔王〈神蝕篇帙〉。想必不久的將來就會識破狂三穿越時空，暗中作梗這件事。

「……知道了，我立刻過去。」

『是，麻煩妳了。』

令音待椎崎說完，按下通訊終端機的按鈕。然後將它塞回口袋，同時從長椅上站起來。

「……『魔法師』要來了嗎？」

令音輕聲說完，吐出一口長氣。

◇

——〈佛拉克西納斯〉的作戰指揮室裡，現在有好幾道人影。

室內擺放著一張大圓桌。司令琴里坐鎮在圓桌的上座，依序坐著士道以及十香等精靈。另一側則是坐著神無月、令音，還有〈佛拉克西納斯〉的船員。

而圓桌中央朝向四面設有螢幕，上面浮現「ＭＡＲＩＡ」這幾個字。

這是根據琴里的要求而齊聚一堂的DEM Industry對策小組。

士道和琴里其實並不想將精靈們牽連進這種事情，但可悲的是，如今的狀況不容許他們這麼做，畢竟ＤＥＭ要動員全體來殺士道。

人數方面居下風的〈拉塔托斯克〉只能將精靈算進戰力——重點是如果將精靈們排除在如此重要的作戰之外，反而會影響她們的精神狀態吧。

若是以前，或許還能選擇瞞著精靈，避免她們被牽連進危險之中，不過……鳶一折紙這名精靈的存在加強了執行的困難度。她擁有超凡的洞察力與竊聽所有對話的技術，即使是〈拉塔托斯克〉也不可能瞞著她進行大規模的作戰行動。

於是，精靈與人類共同參與了對策會議。琴里環視所有人，接著慢慢從座位上站起來。

「——多謝各位前來與會。」

琴里宏亮的聲音響徹整個作戰指揮室。所有人的視線同時集中在琴里身上。

「相信各位已經聽說了——今天早上狂三出現在我們面前，留下了DEM Industry正計劃執行大規模襲擊這個消息。目的是——藉由殺害士道，逼迫精靈反轉。」

「……！」

聽見琴里這番話，精靈和船員們都倒抽了一口氣。

「當然，也有可能是狂三在說謊。不過就狀況來判斷，這個消息的可信度並不低。〈拉塔托斯克〉必須擬定對策才行——瑪莉亞。」

『是。』

琴里說完後，室內裝設的擴音器傳來一道澄澈的少女嗓音。是〈佛拉克西納斯〉的管理ＡＩ

瑪莉亞。

『——首先能想到的對策，就是讓士道和精靈躲到安全的地方避難，避開ＤＥＭ的襲擊。〈拉塔托斯克〉在世界各地都有基地，不怕找不到地方躲避。只是——』

「我明白。對方手上有無所不知的魔王〈神蝕篇帙〉。雖然因為二亞的妨礙，無法發揮百分之百的效用，但如果他只將心力集中在尋找士道的位置這件事上，那麼不管士道躲到哪裡都會被找到吧。」

『沒錯。這麼棘手的魔王竟然被搶走。要是某人可靠一點，就不會導致這樣的事態了。』

瑪莉亞嘆息著如此說道。多麼人性化，酸人不帶髒字的人工智慧啊。螢幕上的文字明明只是在閃爍，不知為何卻感覺好像看見一名少女深感無奈地聳了聳肩膀。

「是、是，都是我不好，抱歉、抱歉啊～～」

拄著臉頰鬧彆扭似的說出這句話的人是二亞。威斯考特手上的魔王〈神蝕篇帙〉，其實原本是二亞的天使〈囁告篇帙(Rasiel)〉。

當然，會被搶走是因為ＤＥＭ使出卑鄙無恥的奸計，並非二亞有什麼疏忽或失策。

這一點大家心裡都明白……但不知為何，瑪莉亞特別針對二亞。起初對瑪莉亞尖酸刻薄的態度表示震驚的二亞似乎也越來越習慣，現在也只是揮揮手，翻個白眼。

『事到如今再來翻舊帳也於事無補。來說些有建設性的話吧。』

瑪莉亞打算改變話題。二亞做出像小學男生一樣的舉動，吐出舌頭擺鬼臉。

瑪莉亞似乎有點煩躁，但可能是認為跟她一般見識也會拉低自己的精神年齡，便若無其事地接著說：

『既然躲避策略沒有效果，就只剩兩種辦法。一種是──交涉。』

「……不過，這個辦法太不切實際。」

聽見瑪莉亞說的話，士道臉頰流下汗水回答。精靈們也點頭表示同意。

這也難怪啦。對方是精靈的天敵，至今與我方交戰過無數次。而且其目的還是殺死士道，讓精靈反轉，搶奪她們的靈魂結晶，怎麼可能會答應與〈拉塔托斯克〉這種以保護精靈為目的的組織交涉啊。

「唔，如此一來──」

十香將手抵在下巴這麼說著，琴里便用力地點點頭。

「沒錯，剩下的只有一個手段。那就是──擊敗ＤＥＭ。」

「……！」

琴里說完，作戰指揮室便籠罩在緊張的氣氛中。

在收到ＤＥＭ的襲擊預告時──

以及聚集到這間指揮室時──

這個選項就已存在於所有人的腦海之中了吧。

不過，經由司令官琴里親口將這個想法化為明確的話語後，原本模糊的疑慮、念頭、可能性都瞬間變清晰，成為事實。

「當然，我明白這不是一件簡單的事。在顯現裝置的性能方面，我們雖然略勝一籌，但對方擁有的巫師數量推測高出我們十倍以上，再加上〈幻獸・邦德思基〉和〈妮貝可〉，根本想像不出我們的差距究竟有多懸殊。要是他們毫不在意社會醜聞，肆無忌憚地破壞周圍，只為了一個目的，恐怕難以遏止他們吧。」

「…………」

所有人都嚥了一口口水。然而，琴里非但沒有責怪他們，反而點頭表示深有同感。

「可是，我們非硬著頭皮迎敵不可。即使敵方是突然決定襲擊，但他們在走到現在這個局面之前已經徹底堵住我們的生路。結果就是造成士道死亡超過兩百次。」

「……唔。」

十香抿起嘴唇。其他精靈也露出苦澀的表情。

「如果沒有狂三，我們的故事早就已經落幕了，留下士道死亡這個最糟糕的結局——而敵人為了給狂三下馬威，再次使出下一個絕招。下次士道再被殺害，狂三也未必會重返時光，我們只能轉守為攻，用自己的雙手抓住未來。」

『——沒錯。說得好，五河司令。』

就在琴里熱烈地發表演說時，擴音器突然傳來這樣的聲音。

並非瑪莉亞的聲音。響徹整個室內的低沉嗓音，顯然是上了年紀的男人發出的。

「啊……」

琴里望向圓桌中央的螢幕後，一雙眼睛瞪得老大。

士道跟著望去，表情也染上驚愕之色。

剛才只顯現「ＭＡＲＩＡ」這幾個字的螢幕，如今映出一名戴著眼鏡、上了年紀的男人。

「伍德曼先生！」

士道不由自主地呼喚他的名字。沒錯，這名人物正是〈拉塔托斯克〉意思決定機關——圓桌會議議長艾略特．伍德曼本人。

『嗨，別來無恙啊。抱歉之前沒辦法聯絡你們。』

「不，別這麼說。倒是您的身體還好嗎？」

『還好，已經沒事了。讓各位擔心了。』

伍德曼面帶微笑如此說完，推了推眼鏡，改變話題：

『好了，其實我很想跟大家開心地閒話家常，不過，情況似乎不允許呢——我已經知道事情的原委了。當然，我這邊也打算盡可能提供〈拉塔托斯克〉的最新裝備，但還是無法抵抗「數量」上壓倒性的力量。若是正面迎擊，恐怕遲早會戰敗。』

「那……」

士道說到這裡，咬了咬嘴脣。

不過，伍德曼立刻接著說：

『——但是，DEM Industry是由艾薩克．威斯考特的領導能力和艾蓮．梅瑟斯的執行力來統率的組織。反過來說，只要除掉那兩人，就算剩下再多的巫師和自動人偶都不成問題。他的組織太過龐大，如今上下並非團結一致。只要那兩個人消失，遺留在公司內部的對立勢力應該會自己幫我們收拾殘局吧。』

「……！」

伍德曼說完，士道嚥了一口口水。

但立刻便明白那是極為困難的事。

畢竟對手是人類最強巫師與握有魔王之力的男人。前者倒也就罷了，後者可是受到無數〈幻獸．邦德思基〉和〈妮貝可〉保護，連要與他面對面都有難度吧。儘管縮小了目標，結果還是必須想辦法解決敵方龐大的兵力。

不過，就在這個時候——

『——原來如此。那麼，或許值得試試看那個方法。』

瑪莉亞的聲音從擴音器傳出，響徹整個作戰指揮室。

「咦……？」

「瑪莉亞？妳所謂的『那個方法』究竟是什麼？」

琴里以疑惑的口吻詢問後，瑪莉亞頓了一拍回答：

『可別對我抱太大的期待，我也不是那麼確定是否可行。這終究只是一種可能性，還不知道是否真的能實現。』

「別賣關子了。妳到底在說些什麼？」

琴里不耐煩地用手指敲著圓桌說道。

於是，瑪莉亞先是「呼」地發出類似吐氣的聲音後才回答：

『我是說，也許能讓〈妮貝可〉的能力失去作用。』

「……！什麼——」

聽見瑪莉亞說的話，士道不禁發出高八度的聲音表示震驚。

當然，不只士道一人做出這種反應，精靈和船員們也驚愕得瞪大雙眼。

不過，其中只有一人面不改色。

「——瑪莉亞，妳說的是真的嗎？」

折紙凜然的聲音在一陣動搖之中格外明顯。瑪莉亞透過擴音器回應：

『當然是真的。也包含「不知道是否真的能實現」這句話。』

「考慮到現在的狀況，有辦法就已經足夠了——如果行得通，或許能度過難關。」

「……！」

所有人的視線集中在折紙身上，士道也望向她。

「折紙？妳剛才說什麼……？」

士道詢問後，折紙便像在深思一般將手抵在下巴，接著說：

「要達成目標的確不容易。不過，如果瑪莉亞有辦法解決〈妮貝可〉，我或許知道該怎麼對付〈幻獸．邦德思基〉。」

「妳說什麼……？這話是什麼意思！」

琴里驚愕得瞪大雙眼問道。折紙微微點頭後開口：

「〈幻獸．邦德思基〉對DEM來說也是新型兵器。雖然應該老早就有這個構想，但之前並沒有性能足以實現這個構想的顯現裝置。」

「……！對喔，〈阿休克羅夫特-β〉！妳是指那個脫離常軌的顯現裝置吧！」

對折紙的話產生反應的是真那。她以誇張的動作拍了手，接著像在思考似的將手擱在額頭上，似乎察覺到了什麼事。

〈阿休克羅夫特-β〉。琴里聽過這個名字，好像是DEM開發的新型顯現裝置的名稱。依稀記得因為它的登場，大幅縮減了〈拉塔托斯克〉與ＤＥＭ之間存在的顯現裝置性能的差距。
不過，她完全搞不懂折紙和真那到底在想些什麼，滿頭問號地歪過頭。
「等、等一下啦。那個顯現裝置怎麼了嗎？」
「就是說呀。不要只有妳們兩個心知肚明，也解釋給我們聽吧——瑪莉亞也是，到底是要怎樣才能消除〈妮貝可〉的力量？」
琴里一臉困惑地詢問後，映出伍德曼身影的螢幕角落便亮起「ＭＡＲＩＡ」這幾個文字。
『好的，我馬上說明。基本上可以推測〈妮貝可〉是以ＤＥＭ的技術所組成的擬似生命。而構成她的基礎，無非是魔王〈神蝕篇帙〉的靈力。既然如此——』
「……！暫停、暫停！等一下！」
瑪莉亞正要切入重點時，二亞慌慌張張地制止。
「二亞？」
『到底有什麼事？就算妳上輩子是豬，也不要突然發出怪聲好嗎？』
瑪莉亞淡淡地說出十分狠毒的話。
不過，二亞絲毫沒有表現出震驚或不耐的模樣，只是保持正經八百的表情「嘖嘖嘖！」地搖了搖手指。
「小折折、小真真與色情遊戲二次元女主角，現在別討論這個話題好嗎？」

「為什麼？」

「我們齊聚一堂不就是要分享情報嗎？幹嘛不讓人說？」

『話說，我要求妳解釋最後的稱呼。視回答，我有可能會把妳扔出艦艇。』

折紙、真那一臉納悶地凝視二亞。順帶一提，螢幕上顯示的「MARIA」這幾個字劇烈地閃爍個不停，彷彿在表示憤怒。

二亞聳了聳肩，不正面回應三人的反應，保持戲謔的語氣接著說：

「當然啦，如果有那麼厲害的計策，我也想知道。不過，你們認為這世上現在最想得知這個情報的是誰啊？」

「……？」

聽了二亞說的話，士道偏過頭──

「！啊……」

但立刻便察覺這句話的含意，赫然抖了一下肩膀。

折紙等人大概也同樣有所領悟，只見她們微微皺起眉頭，抿起脣瓣，各自表現出反應。

沒錯。在這裡發表戰略，就等同於讓威斯考特有機會用〈神蝕篇帙〉查詢出情報。

想必是從大家的反應觀察出自己的意圖已順利傳達了，只見二亞大大地點了點頭。

「就是這樣。當然，我已對〈神蝕篇帙〉進行干擾，讓對方不至於能在一瞬間得知所有想知道的消息，但它仍對我們形成威脅。〈神蝕篇帙〉也無法窺視『未來的事情』與『人的想法』。若是有一舉逆轉的戰略，直到開戰的前一刻也不能讓同伴知道。」

「…………」

二亞一派輕鬆地說完，所有人的表情都透露出緊張感。

這也難怪。畢竟就連現在這幅光景也可能被敵方窺視。

儘管大家頭腦明白，卻無法湧現實際的感受。「不能在作戰會議中發表戰略」，這簡直是本末倒置。

不過，好似要一掃這樣的氣氛，二亞語氣輕鬆地接著說：

「這也沒辦法啦，事情可沒那麼容易如我們所願——不過，我倒是希望某處優秀的ＡＩ至少要想到這一點吧～～」

二亞就好像是要對平常受到的待遇還以顏色，毫不隱藏她諷刺的口吻如此說道。

『…………』

於是，瑪莉亞沉默了片刻後，發出宛如嘆了一大口氣的聲音。

『……雖然很不甘心，但妳說的沒錯。多謝妳的提醒，二亞。』

「啊哈哈！知道就好！坦率是美德啊，路人角色。」

『……話說，二亞，妳能摸一下桌上的控制檯嗎？』

「咦？像這樣嗎？」

二亞依照瑪莉亞所說的，將手放在控制檯上。

於是下一瞬間，響起「啪嘰」一聲冒出火花，二亞當場像漫畫裡畫的那樣跳了起來。

「呀～～！」

看來是透過控制檯釋放輕微的電流。二亞淚眼婆娑地「呼！呼！」朝左手吹氣。

「妳、妳做什麼呀，混蛋！不要被指摘失敗就這麼幼稚好嗎～～！」

『我不懂妳在說什麼。關於那件事我已經坦率地反省，對二亞表示敬意。剛才的電擊是報復妳對我辱罵性的稱呼。』

「嗚哇～～！真會拗啊～～！滿嘴歪理的人出現嘍～～！」

即使二亞訴說不滿，瑪莉亞也不予理會。不知為何，雖然螢幕上只有顯現出六個文字，卻感覺能看見一名少女臭著臉撇過頭的模樣。

「──總之，作戰的事就如同二亞所說。」

琴里望著二亞與瑪莉亞的互動，無奈地聳了聳肩。

「要是在這裡討論細節，可能會被敵方反將一軍。折紙、真那，〈幻獸・邦德思基〉的事就靠妳們了。很抱歉，請妳們各自思考戰略吧。加上瑪莉亞對付〈妮貝可〉的手段，臨近戰鬥時再告訴大家吧。」

「了解了。」
「既然是這樣……也就沒辦法了。」
折紙和真那點頭表示明白。琴里也回以首肯後，面向顯示在螢幕上的伍德曼。
「──事情就是這樣。伍德曼卿，可以嗎？」
『嗯。感謝各位冷靜的對應，我也會盡可能地奉獻己力，敬請期待。不能告訴你們，實在很遺憾。』
伍德曼以開玩笑的口吻說道。聽見這番話，琴里和其他人的表情才放鬆了一些。

◇

「──『我』還有什麼話可辯解？」
狂三將手槍的槍口對準自己的分身，發出冷若冰霜的聲音說了。
「哎呀、哎呀。我不懂這話是什麼意思呢。」
於是，被槍指著的分身如此說道，故意撇開視線。這睜眼說瞎話的態度令狂三的額頭冒出青筋。
雖說是分身，但現在被狂三用槍指著的個體樣貌並非與狂三是一個模子刻出來的。

正確來說，臉蛋和身體是如出一轍沒錯，但穿著的服裝和髮型則與狂三不同。分身穿著哥德蘿莉風洋裝，戴著薔薇花頭飾，最大亮點是左眼還用眼罩遮起來。那是五年前的狂三，她明白當時的自己在各方面都很彆扭。

這個分身本來就經常做出令人頭疼的行為，看來這次又不知悔改，擅自行動了。狂三將槍口抵在分身的下巴，語氣粗暴地說：

「少裝傻了，別的『我』已經向我報告了。聽說『我』跑去告訴士道和琴里DEM打算展開襲擊的消息。」

「『我』還派別的『我』尾隨在後嗎？嗚嗚，看來我不受信賴呢。真是難過，我要哭了。」

「別以為『我』的假哭對我行得通。」

狂三眯著眼吐槽後，眼罩狂三便吐了吐舌頭回答：「說的也是。」那副模樣又嚴重觸怒了狂三的神經。

眼罩狂三不知是否有察覺到這一點，若無其事地繼續說：

「不過，真不知道這麼做有哪裡不妥。通知士道他們DEM的事有那麼可惡嗎？」

「……這件事我本來打算之後派別的分身去通知他們。畢竟讓他們知道有人盯上士道的性命也很重要。」

狂三說完，眼罩狂三表情一亮，表現出一副「看吧！」的態度。

然而，狂三依舊用槍指著眼罩狂三，露出銳利的視線。

「不過，我的目的終究是催促士道他們快點去避難。誰要『我』沒事去煽動有生命危險的人，拉他上戰場啊！而且還多嘴說些不該說的話……！」

「咦咦～～不該說的話是指什麼呢～～？」

「這、這個嘛……」

「再說，不管用什麼方式通知，士道和琴里的行動並不會有改變呀。還是說，『我』知道要用什麼說詞才能讓那個士道乖乖去避難呢？」

「……唔。」

聽了眼罩狂三說的話，狂三沉默不語。

雖然不甘心，但她說的沒錯。若是那個奮不顧身的五河士道得知狂三的行動，不管用什麼方式傳達，他都不會逃跑吧。

眼罩狂三似乎也察覺到狂三明白了這一點，只見她「啊哈哈」地露出笑容。那副模樣令狂三更加惱火。

「……一碼歸一碼。無論如何，『我』違背我的指示，擅自行動是事實。缺乏秩序的群體只會落得毀滅的下場──『我』必須以死贖罪。」

狂三說完，眼罩狂三不怎麼吃驚地點頭回應：「好的、好的。」

狂三也已經料到她會有這種反應。因為狂三早就從派去監視她的另一個分身口中聽說她明知會受到制裁，還是決定行動一事。

「那也無可奈何——噢，不過，臨死之前我還有一件事要說。是士道要我轉告一句話。」

「…………」

狂三一語不發地催促後，眼罩狂三便莞爾一笑，接著說：

「——愛妳、愛妳，愛死妳了。我們結婚吧，我可愛的甜心。」

「只有『我可愛的甜心』這一句對吧！」

狂三大喊出聲後，眼罩狂三便噗嗤一笑。

「呵呵呵，『我』果然從其他分身口中聽說了啊。」

「……！」

慘了——狂三滿臉通紅吐出這句話。不過，為時已晚。眼罩狂三露出一副洞悉一切的表情，溫和地微笑。

「那麼我的任務就達成了——送我上路吧。」

說完，眼罩狂三垂下視線。她的表情看來十分滿足，令狂三怒火中燒。

「哼——」

狂三瞇起眼，毫不猶豫地扣下扳機。

——影子子彈掠過眼罩狂三的臉頰，向後飛去。

「……哎呀、哎呀？」

大概是察覺到狂三故意射偏，眼罩狂三眨了眨眼，疑惑地望向狂三。

狂三一臉尷尬地別過頭，哼了一聲並且開口：

「有哪個白痴會在這種緊急時期刻意削弱自己的戰力——反正是沒有未來的性命，妳若是『我』的一部分，至少等貢獻一份力量後再死在戰場上吧。」

狂三如此說完便發出「喀喀」的腳步聲離開現場。

「……是的、是的，明白了——『我』。」

她的背後傳來這句一成不變卻充滿決心的話語。

第三章　最後的休息

「…………」

少女一語不發地看著手上的書頁。

然後立刻解讀記載在上頭的文字，不到數秒就翻頁。

她現在手上拿著的書籍似乎是歷史資料集，內容粗略地整理了這個世界構成的經過。

看來原本就是編纂來讓人學習的，文章淺顯易懂。剛才讀完所謂的「小說」這種書，本來一句話就可以總結的事卻刻意以難解的說法表達，害她費了一點時間才探索出那本小說的意圖。

不過，這就是人心的微妙之處吧。少女微微眯起眼睛，感受震動鼓膜的聲音變化。

現在少女的周圍擺放著好幾樣像是電視、收音機、卡式錄放音機這類的電子機器，每一樣都各自發出聲響。報導、戲劇、實況、單口相聲、音樂，擁有各種形態的聲音，不斷重疊交錯地滲透進少女的腦海裡。

「……呼。」

不知維持這種狀態多久，少女闔起最後一本書，輕聲嘆息。

「……原來如此，語言體系我已經掌握個十之八九了。」

她關掉四周鬧哄哄的電視和收音機，如此說道。

「…………」

於是，坐在少女對面的少年和他的妹妹——好像叫作真那吧——啞然無言地望著少女。

「……？怎麼了？」

「呃，妳問我們怎麼了……」

「直到昨天還只會發出『啊……』、『唔唔……』這類聲音的女生突然流暢地說起話來，任誰都會驚訝吧。」

少年和真那如此說完，疑惑地皺起眉頭，臉頰流下汗水。

「只要有足夠的文字聲音情報，就能從它們的共通要素類推出語言體系。當然，推測的成分居多，難保細節部分不會產生差異。」

「沒有，就我聽來，簡直是完美無缺。」

「嗯。應該比真那用的國語還正確吧。」

「兄長接下來一段時間只說得出『啊……』跟『唔唔……』這類屁話，所以我好歹也會強過你這位兄長。」

真那面帶微笑，手撫上竹刀袋。少年連忙制止她。

「等一下，妳冷靜點。我就喜歡妳說話有個性。」

「知道就好。」

真那哼了一聲，盤起胳膊。少年這才鬆了一口氣。

就在這時，真那像是想起什麼似的望向少女。

「——對了。既然妳天殺的能溝通了，我有事想請問妳。」

「……？什麼事？」

「妳究竟是什麼人啊？妳的能力顯然非比尋常。兄長說妳好像待在那場大爆炸過後的現場，那是妳幹的好事嗎？」

真那眼神銳利地詢問。

不過，也難怪她會表現出這種態度。電視新聞播放的全是昨天侵襲關東的大災害，曾經位於現場的人就出現在眼前，要人不在意才強人所難吧。

不過，少女猶豫了片刻，甩了甩頭。

「……抱歉，我不知道。」

她老實地如此回答。

事實上，少女自己也搞不清楚狀況。自己究竟是何許人也，為何會待在那種地方？

「唔……感覺不像在說謊呢。」

「那麼，可以把妳知道的事情告訴我嗎？那個，該怎麼說呢？我想——了解妳。」

少年溫柔地提問。不知為何，真那斜眼望向少年，無奈地聳了聳肩。

「知道的事情……」

少女垂下視線挖掘記憶，將浮現腦海的片斷光景套用在剛學會的語言體系上，開始表達：

「我記得……有一大片地平面。那裡……有三個人。兩個年輕男子和一名少女。雖然不知道當時他們在說些什麼——但我想那應該是被稱為英語的語言。」

「三個人……？」

「一大片地平面……假如跟爆炸有關，會不會是在說歐亞大空災呢？不對，如果真是如此，不可能有人倖存……」

「我不知道。感覺他們在說收集、產生……創造？類似這些詞彙的話。還有……唔——」

少女感到輕微頭痛，將手抵在額頭上。

少年一臉擔憂地探頭看她的臉龐。

「妳、妳還好嗎？別太勉強。」

「我沒事。只是覺得有點痛。」

少女說完，少年便鬆了一口氣。

或許是看見這個狀況，真那胡亂搔了搔頭髮。

「哎……想不起來也沒辦法。之後再慢慢想吧。」

然後撥了撥瀏海，對少女投以銳利的視線。

「——好了，既然妳聽得懂國語，我就順便老實告訴妳我對妳有什麼看法吧。」

「看法……？」

「對。老實說，太可疑了。我覺得最好是立刻報警，請警察來把妳帶走。」

「真那……」

少年一臉為難地面向真那。

真那唉聲嘆了一大口氣，接著說：

「……正確來說，我本來是這麼想的。從空無一物的地方變出衣服，還立刻學會不知道的語言……怎麼想都不是普通人吧。要是隨便趕出去，也有可能被研究機構抓去當白老鼠，那可不是鬧著玩的。」

說完，真那又聳了聳肩說：「反正——」

「現在就先靜觀其變吧。不知是幸或不幸，父親和母親現在也不在家，有多的房間。」

真那還抱手臂如此說完，少年臉上一掃陰霾。

「…………」

片刻後，少女也理解了耳朵聽到的資訊。

正確來說，是立刻聽懂這番話的意思，但是花了一點時間才明白他們說出這番話的意圖。

看來他們打算讓自己留在這裡。

「為什麼……要收留我？」

「咦咦……妳竟然要問？這時按照流程，不是應該要答應嗎？照妳這種狀態，反正也無處可去吧？」

「是沒錯啦。」

「那不就好了。妳……呃……」

這時，真那傷腦筋地搔了搔臉頰。

「說到這裡，我還不知道妳的名字呢。妳有名字嗎？」

「名字……」

名字，名稱，區別事物的記號。這麼說來，自己沒有那類稱呼呢。

少女沉默不語，真那便聳了聳肩像在表達：「我想也是～」

「真是傷腦筋呢，總不能一直叫『妳』吧。有沒有什麼——」

「——澪。」

真那話還沒說完，少年便發出這道聲音。

「咦？」

「…………？」

真那和少女雙眼圓睜望向少年。少年可能沒料到會得到這種反應，有些尷尬地搔了搔臉頰。

「呃，很奇怪嗎？我本來覺得這個名字還滿好聽的……」

「不會，一點也不奇怪。我反而覺得憑你那讓人有點難以恭維的取名品味，這名字出乎意料地好聽。」

「咦咦……」

聽見真那辛辣的發言，少年流下汗水。不過，真那毫不在意地繼續說：

「請問是有什麼由來嗎？如果說是漫畫女主角的名字，或是幫妄想中的女友取的屁名字之類，我會打從心底覺得噁心。」

「沒有啦，我再怎麼樣也不會做出那種事好嗎？只不過，就是啊，我遇到她的那天是三十日吧，所以才取跟三十發音相近的ＭＩＯ，澪。」

「……唔，唔嗯……？」

真那表情複雜地皺起眉頭──一副覺得取名取得太過隨便，但名字本身並不難聽，所以難以否定的表情。

「不、不過，總得問問本人的意見吧──欸，妳覺得如何？」

「咦──？」

被少年這麼一問，少女一雙眼睛瞪得老大。
這時她才終於實際感受到少年幫自己取了名字。
「而且還要對外介紹她，如果她要在這裡生活，當成是我們的親戚比較省事吧。所以，全名就叫作『崇宮澪（TAKAMIYA MIO）』吧。」
「崇宮，澪……」
少女輕聲說出這個詞——說出自己的名字。
文字僅三個字。
發音僅六個音節。
只是這樣一排文字。
但不知為何，從喉嚨發出這個詞的時候，少女感覺內心流過一股暖流。
而與此同時——也有某種東西沿著臉頰流下的觸感。
「哇！」
「咦……！」
「……？」
少年與真那露出吃驚的表情。
少女歪頭表示不解，但立刻便察覺理由。

因為自己的眼睛正滴滴答答地溢出體液。

若是以剛才學會的語言來表示，那是稱為眼淚的液體。

「咦……真奇怪，我為什麼會……」

少女用手按住眼角防止其餘的體液流出來，但眼淚還是不停溢出。

「嗚，啊，啊啊！」

同時感覺心臟被揪緊，使她的身體向前彎。

「兄長。」

「……嗯。」

真那和少年見狀微微一笑，立刻坐到少女的兩邊，溫柔地撫摸她的背。

少女——崇宮澪感受著背後舒服的觸感，哭了好一陣子。

◇

在〈佛拉克西納斯〉舉行作戰會議的第三天。

折紙跟真那造訪位於天宮市郊區的陸上自衛隊天宮駐防基地附近。

「哎呀……真是好久沒來這裡了呢。」

真那仰望著長排的圍欄，感慨萬千地說道。折紙微微點頭回應後便慢步前進，一邊看智慧型手機確認時間。

折紙與真那過去曾隸屬於這個天宮駐防基地，分別擔任過陸軍上士和陸軍少尉。

當然，就年齡來說，身為國高中生的兩人不可能加入自衛隊。

但只要加上「巫師」這個條件，那就另當別論了。

——對外保密的對抗精靈部隊，通稱ＡＳＴ。

這個組織的目的是打倒人稱毀滅世界的災難——精靈。而ＡＳＴ部隊的戰鬥要員只限巫師——以外科手術將電子零件植入腦中，能獨自運用顯現裝置的人。

不過，不管再怎麼進行嚴苛的修練，再怎麼植入性能高的機器，沒有資質的人還是無法操縱顯現裝置。

擁有當巫師的天賦，而且願意從事嚴峻任務的人是鳳毛麟角，因此只好讓折紙她們這種年輕的隊員加入。

不過正確來說，真那並非ＡＳＴ的正式隊員，而是從DEM Industry派來支援的。

沿著圍欄走著走著，真那突然高聲說道：

「不過，折紙。」

「叫我嫂嫂也沒關係。」

「……『折紙』妳已經退隊了，而我則是形同背叛，逃離了DEM。我們有辦法大大方方地進去嗎？」

折紙回應真那的呼喚後，真那不知為何特別強調她的稱呼，接著說了。不過，總比以前稱她為「鳶一上士」好吧。折紙儘管感到有些遺憾，還是回答：

「關於這一點，沒有問題──差不多快到約好的地方了。」

「約好？」

真那對折紙說的話表示不解，歪了歪頭。

於是，圍欄內正好傳來輕微的聲音。

「──折紙前輩、真那前輩，這邊。」

「咦？」

聽見突然傳來的叫喚聲，真那回過頭。折紙也同時望向聲音來源。

便看見兩名個頭嬌小的少女從圍欄內的草叢中探出頭來。

一名是將頭髮綁成雙馬尾，像小貓一樣的少女。另一名則是特徵為金髮和眼鏡的混血少女。

她們是AST隊員岡峰美紀惠一兵和AST技師米爾德蕾德·F·藤村中士，通稱小米。兩人都是折紙的前同事。

「岡峰一兵和藤村中士？妳們在這種地方做什麼……」

真那如此詢問後，美紀惠便輕輕點頭，指了指附近的後門。像這種後門，通常兩側都會上鎖才對——

「我請小米把鎖打開了。趁沒有人看見趕快進來。」

「哼哼，那種傳統的圓筒鎖對我這個CR-Unit維修技師來說，根本就像折斷嬰兒的手一樣，不費吹灰之力嘛～～」

「……不僅下不了手，還會有天大的罪惡感吧。」

真那瞇起眼望向得意洋洋的小米。

不過，這一來一往的對話似乎也讓真那明白折紙剛才說的話是什麼意思。

「原來如此……從這裡的話，就能順利進出了呢。」

「就是這樣。」

折紙簡短回答後，迅速確認四下無人，把門拉開到人能鑽進去的寬度後便滑了進去。看見她那敏捷的動作，真那吹了一下口哨，依樣畫葫蘆地追在她身後。

不過還無法鬆懈下來。她們探頭窺視基地內的情況，一邊快速躲藏在暗處一邊移動，最後抵達AST的兵舍。

只要來到這裡就幾乎不用擔心會被一般自衛隊員發現。折紙等人總算稍微鬆了一口氣。

「好久不見了，折紙前輩。上次見面好像是在年末的漫畫博覽會上呢。」

「好久不見。當時謝謝妳的幫忙。」

「…………」

折紙簡短回答後，美紀惠便露出複雜的表情，臉頰流下汗水。

「怎麼了？」

「沒有……只是覺得妳給人的感覺真的變了呢……」

說完，美紀惠露出苦笑。

那倒也是。這個世界曾經被士道「改寫」過，美紀惠記憶中的折紙印象會與兩個折紙合二為一的現在的折紙有所不同，也是無可厚非的事。

「果然是……那個，交了男朋友之後，就會改變嗎？」

「沒錯。我的身心都染上了他的顏色。」

然而，折紙卻立刻這麼回答美紀惠提出的疑問。美紀惠不知為何露出一副大受打擊的表情。

順帶一提，當時站在旁邊的真那一直目不轉睛地盯著折紙，但折紙不明白真那的舉動有何含意……莫非是想向嫂嫂撒嬌嗎？

「別管這個了。」

「好、好的……這邊請。」

折紙催促後，美紀惠便甩了甩頭重新打起精神，為折紙和真那領路。

兩人跟隨著美紀惠走在懷念的兵舍中，不久便來到一扇門前面。美紀惠乾咳了一下，「叩叩」敲了敲門。

「隊長，我是岡峰。」

「進來吧。」

美紀惠說完，立刻傳來這道聲音回覆她。美紀惠瞥了折紙一眼，輕輕點頭，並且開門。

「──好久不見了，折紙。真沒想到還能在這裡見到妳。」

折紙和真那一踏進房間，一名坐在正面椅子上的女性便發出這樣的聲音。

年齡是二十五到二十九歲之間。從陸自工作服下露出的手臂和脖子展現出不明顯但線條優美的肌肉──她是日下部燎子陸軍上尉，折紙和真那的前上司，也是AST的隊長。

而室內並非只有燎子一人。她的左右、後方有好幾張熟悉的面孔。她們全是折紙的前同事，曾經共赴戰場的AST巫師。

不過，折紙和真那卻不怎麼驚訝的樣子。因為硬是要大家集合在一起的就是折紙。

「所以？妳特地召集我們，到底有什麼事？而且還把逃犯真那帶過來。」

「咦？逃犯？」

聽見燎子說的話，真那雙眼圓睜。燎子偏過頭，表現出一副「妳不知道嗎？」的模樣。

「當然沒有搞到人盡皆知啦，但是DEM已經發布公告，說前亞德普斯排名裡的崇宮真那在戰鬥中逃走，之後一直在妨礙DEM的行動。據說抓到妳的人可以得到一百萬美元的獎金喔。」

「唉呀，我也終於變成懸賞犯人了啊——所以，妳要不要抓抓看啊？」

真那說完，燎子從鼻間哼了一聲。

「很不巧，盡量減少部下和裝備的損害也是我的責職所在。」

「啊哈哈，我不討厭隊長這種個性。」

真那笑道，燎子再次嘆了一口氣，將視線移回折紙身上。

「我們也沒那麼閒，進入正題吧。我把妳以前交情好的同事都找來了，可不想聽到什麼不愉快的事情。」

「那就抱歉了。不過，請妳們聽我說。」

折紙說完，燎子和其他AST隊員便深深嘆了一口氣。

「……算了。到底是什麼事？」

燎子聳了聳肩放棄，如此問道。折紙點點頭後接著說：

「DEM有要求AST出動嗎？」

「啥？幹嘛突然這麼問？DEM嗎……？」

燎子瞥了部下一眼說了。於是，感受到視線的部下也搖搖頭，像在表達「沒有印象」。

看來似乎還沒下達出動命令。折紙凝視著燎子的臉，繼續說：

「——二月二十日，天宮市周邊恐怕會進行大規模的戰鬥。到時候，DEM可能也會要求AST出動。不過，我希望各位忽視那道命令。」

沒錯。

折紙和真那利用決戰前的寶貴時間造訪這裡的理由，就是這個。

DEM即將動員所有巫師戰力、〈幻獸．邦德思基〉和〈妮貝可〉來取士道的性命，那就十分有可能要求AST協助。

當然，如果直接開戰，精靈勢必不會敗給她們。只是，她們跟DEM的自動人偶不同，是純粹為了保護國家、人民而戰的義士。一旦面對她們，精靈或許會產生猶豫，DEM也會針對這一點拿她們當擋箭牌吧。可以的話，折紙希望趁現在排除這個憂慮。

「……什麼？」

燎子——正確來說，是現場的所有AST隊員聽到折紙說的話後，全都瞪大了雙眼。

「戰鬥？到底是誰跟誰？」

「DEM跟〈拉塔托斯克〉。而且搞不好〈夢魘〉時崎狂三也會加入。」

「等、等一下，妳在說什——」

「聽我說。」

折紙打斷燎子，開始簡略說明現在的狀況。

還有DEM的目的、精靈的存在，以及與他們相關的〈拉塔托斯克〉這個組織。

當然，折紙已經獲得琴里的同意，公開〈拉塔托斯克〉的存在。什麼資訊該說，什麼資訊不該說，她自有分寸，但盡可能不想說謊。

因為不管再怎麼把話圓得天衣無縫，謊言會產生不信任，也會掩蓋真實的價值。

就算只說了百分之一的謊話，對方聽了也會懷疑剩下的百分之九十九是假的。若是像現在想讓對方相信自己說的話，那可能會成為致命性的敗筆。

「……簡單來說，就是這樣。」

「…………」

折紙說明完事情的原委後，燎子和美紀惠等人各自回以不同的反應。

有人驚愕得瞪大雙眼，有人將手抵在額頭沉思，有人疑惑地眉頭深鎖……反應林林總總，但有一個共通點，就是大家對這突如其來的話題感到困惑。

話雖如此，這也是理所當然吧。就算是折紙，若以前還在AST時聽到這種話，肯定也會露出跟大家一樣的表情。

「…………那是什麼啊？」

不知經過了多久，燎子語氣鬱悶地開口說了。

「保護精靈的祕密組織？這未免也太荒唐無稽了吧。妳要我們相信這種鬼話，斷然拒絕DE

M的協助要求嗎？」

「哎呀，隊長，妳倒是相信會有協助要求的這個部分啊。」

「……別挑我語病。」

燎子惡狠狠地瞪向真那。「真是失禮了。」真那露出不如說的話那般感到抱歉的表情，聳了聳肩。

「我想妳們也知道，拒絕DEM的要求就等於忽視上頭的命令。妳是要我們被開除，還接受懲戒嗎？」

「在走到那一步之前，妳們可以全部辭職沒關係。反正我已經跟〈拉塔托斯克〉說好了，他們會僱用妳們。」

「我說妳啊……」

燎子胡亂搔了搔頭髮，並且嘆了一大口氣。

「先不管服不服從命令……要我們不要攻擊精靈是什麼意思？她們可是引起空間震的人類天敵耶。我們一直保衛人民不受精靈傷害……」

「精靈是只懂破壞的生物，這個資訊本身可說是DEM故意灌輸的想法。我們打從一開始就只是被DEM玩弄於股掌之間。」

「…………」

燎子沉默不語，目不轉睛地凝視著折紙的雙眼，宛如想從眼眸深處解讀出她真正的想法。

結果，或許是忍受不了這樣的沉默氣氛，待在旁邊的美紀惠來回望向折紙和燎子的臉龐，發出顫抖的聲音：

「我、我不認為折紙前輩會說謊……」

「啊哈哈～～反正我又不會上戰場，去哪裡都好。那個地方，是叫作〈拉塔托斯克〉嗎？真想維修那邊的Unit呢～～要不然，可以讓我去那邊工作嗎？小米我技術可是一流的喲～～很有用喔～～」

「……抱歉，妳們兩個給我安靜一下。」

燎子對美紀惠以及配合她說話的小米低聲說了。美紀惠抖了一下肩膀，而小米則是回以悠哉的笑容。

燎子再次默不作聲，沒過多久便大大地嘆了一口氣。

「…………我怎麼可能那麼做啊。」

「隊長……！」

美紀惠朝燎子踏出一步，像在表達異議般說道。

不過，折紙伸手擋住美紀惠加以制止。

「折、折紙前輩……」

「很遺憾。但我無法責備隊長的選擇。」

折紙垂下視線，切換心情似的再度睜開眼。

她本來就不認為燎子等人會輕易相信自己的話——不對，說得更正確一點，就算燎子等人相信，也未必會依照折紙的意思採取行動。

折紙望向真那後直接轉身。真那「呼」地嘆了一口氣，跟隨在後。

「…………」

就在兩人快走出房間時，折紙突然停下腳步。

「——若是妳們遵照要求踏上戰場，盡量拿〈幻獸・邦德思基〉當擋箭牌，退到後方。」

「咦……？」

「可以的話，我不想殺了妳們。」

折紙說完，燎子便忿然吐了一口氣，同時傳來「喀噠」一聲從椅子上站起來的聲音。

「……搞什麼啊，妳倒是挺狗眼看人低的嘛。妳確實是本領高強的巫師，但我們也不是省油的燈——」

瞬間響起「啪咻」的輕微聲響，燎子的聲音也隨之中斷。

不過，那也是理所當然的事。如果空中突然出現類似羽毛的冷冰物體從尖端發射出光線，任誰都會做出那種反應吧。

光線掠過燎子的臉頰，在牆上爆炸，冒出微弱的煙霧。

「拜託妳們。」

「…………！」

折紙與真那聽著背後傳來隊員們倒抽一口氣的聲音，走出房間。

◇

「……嗯？」

七罪走在五河家隔壁的精靈公寓的走廊上，鼓膜捕捉到細小的聲音，突然停下腳步。

「？七罪，怎麼了嗎？」

「該不會是鞋帶斷掉了吧～～？呀～～真不吉利！」

走在她身邊的四糸乃歪了歪頭，而戴在她左手的兔子手偶「四糸奈」則是用她短小的前腳靈活地按住雙頰如此說道。慎重起見，七罪瞥了自己的腳下一眼後，搖了搖頭。

「沒有……妳們有聽到什麼聲音嗎？」

「聲音……嗎？」

「嗯，從那邊傳來的……」

說完，慢慢放輕腳步。

以堪稱萬全，甚至是嚴密過頭的保全系統為傲的這棟公寓，絕不可能被闖空門……但是，七罪的個性就是放心不下。她在心中給自己找藉口，走向發出聲音的方向。

「那裡是……」

「是廚房吧～～？有人在做菜嗎～～？」

「四糸奈」晃著頭，接著七罪的話說了。

正如「四糸奈」所說，那裡是設置在公寓一樓的大型廚房設施。據琴里所說，是為了讓精靈們一起做料理而準備的設備。上次情人節，大家一起做巧克力這件事還記憶猶新。

「是有人在那裡嗎？」

「不知道呢……」

七罪儘管感到疑惑，還是戰戰兢兢地探頭看廚房內。

結果那裡——

「唔嗯。頗難的呢。如此可好？」

「嗯！做得很棒喔，六喰！我記得這樣應該就可以了！」

「……唔，十香，妳的真大呢。」

「唔？會嗎？是掌心大小啊。」

「……倘若妾身記得沒錯，所謂的掌心大小應是指能一手掌握之大小，並非極力張開雙手才能握住之大小。」

出現兩名聊著上述對話的少女背影。

「十香，還有……六喰？」

七罪雙眼圓睜說完，十香和六喰便對她的聲音產生反應，回頭望向七罪等人。

「喔喔，這不是七罪、四糸乃，還有『四糸奈』嗎！」

「唔。爾等在彼處做些什麼？」

「沒有，因為聽到有聲音……話說，妳們才是到底在幹嘛……」

說到這裡，七罪眉尾抽動了一下。

因為十香和六喰回過頭，她才看到兩人手上拿著的東西。是用手把煮好的米飯捏成的白色三角形。沒錯，是飯糰。

「咦？怎麼，剛才不是吃過飯了嗎？妳們這就餓了？十香倒也罷了，怎麼連六喰都……」

說著說著，七罪下意識發現自己的視線瞥向兩人的胸部。十香自然不用說，六喰個頭雖嬌小，也擁有不符身材的傲人雙峰……果然「有」的人能把所有營養轉換到「那邊」嗎？

正當七罪隱約思考著這種事情時，十香和六喰的胸部晃了幾下。不，正確來說是兩人搖了搖頭，導致胸部跟著晃動。

「不是那樣啦……不對，我的確也打算吃沒錯，但不光是我一個人要吃啦。」

「……什麼意思？」

「唔。如今郎君與令妹等人正在為即將到來的戰役做準備。動腦筋，肚子自然會餓吧。」

聽完兩人說的話，四糸乃捶了一下手心。正確來說，是用「四糸奈」的手就是了。

「啊……該不會，是要送給他們吃的嗎？」

「嗯！」

「正是如此！」

說完，十香和六喰高舉手上的飯糰。七罪點點頭說：「……原來如此。」

「……不錯啊。我想士道他們也會很高興。」

「喔喔，七罪也這麼認為嗎！」

「是、是啊。」

七罪移開視線回答，十香便開心地露出更燦爛的笑容……順帶一提，七罪之所以挪開視線，並不是因為她說謊或話中有話，只是單純覺得十香閃閃發亮的眼神過於耀眼罷了。她最近開始懷疑自己的祖先當中是否有吸血鬼。

就在這時，十香露出靈光一閃的表情，對七罪和四糸乃說：

「對了，如果妳們有空，要不要一起做？很好玩喔！」

「咦……?不、不了,我……」

面對十香突如其來的提議,七罪發出充滿動搖的聲音。

不過,旁邊的四糸乃和「四糸奈」露出閃閃發亮的眼神,像在表達:「就等妳說這句話。」

「可以嗎……?請讓我加入。我們也想幫上大家的忙……!」

「呵呵呵,四糸奈的肉球要噴火嘍~~!……咦?妳說兔子應該沒有肉球是嗎?呵呵呵~~我最討厭像妳這種直覺敏銳的小鬼了。」

兩人完全興致勃勃。七罪臉頰流下一道汗水。

「我、我就不用了……」

「七罪也……一起來嘛。我們大家一起做飯糰,一定會很開心。」

「咦,呃,那、那個……」

聽四糸乃這麼一說,七罪語無倫次,全身冒出黏膩的汗水,心臟撲通撲通跳個不停。

她並不是不擅長捏飯糰或對飯過敏之類的,當然也並非不想送慰勞品給士道和琴里他們吃。而是基於更單純簡單的理由,別想那麼複雜。所謂的飯糰,就如同它的名稱,是用手捏製熟米飯而成的料理。

——沒錯,製作的人直接用其雙手捏製而成。

就連親自做的一般料理,大家都一定想敬而遠之了,更何況是七罪的手直接觸碰製作的東西，一定沒有人想吃吧……！

七罪捏的飯糰不是拿來裝滿轟炸機然後撒向敵國，再不然就是拿給好幾天沒吃東西的俘虜說：「要是不想餓死就吃吧。只不過，這是七罪捏的飯糰就是了！嘻哈哈哈哈！」讓對方陷入絕望，頂多只有這幾種用處而已。俘虜賭上人類的尊嚴死也不吃，但不久就飢餓難耐，吃下飯糰，在地獄的痛苦中斷氣……感覺在各方面都殘酷至極，開始覺得在某種層面上算是能有效利用。

不過，再怎麼樣都不是能讓同胞食用的東西。七罪臉色慘白地搖了搖頭。

「不、不了……我捏的飯糰要是跟大家的混在一起，已經構成下毒事件了。會觸法的。」

七罪退後一步說道。

「才沒那回事……」

四糸乃話說到一半，突然以堅決的眼神瞪向七罪。

「七罪，手伸出來給我看看。」

「咦……？像這、這樣嗎？」

七罪儘管一頭霧水，還是乖乖將右手伸到四糸乃面前。

於是，四糸乃猛盯著那隻手——

「我咬！」

輕輕咬了七罪的手指。

「唔呀！四、四糸乃！」

面對這突如其來的舉動，七罪不禁發出高八度的聲音。然後四糸乃左手上的「四糸奈」便一張一合地動起嘴巴說：

「呃～～由於四糸乃正在忙，就由四糸奈我代替她發言。她這是在表示七罪的手根本沒毒！這類的話喲～～！真是帥氣啊！別愛上她喔！」

「噫、噫噫……」

戒慎恐懼、罪孽深重、敬佩萬分等各式各樣的感情在七罪的腦中交錯混雜。她整張臉冒出各種體液，皺成一團。

還不只如此。十香看見這一連串的過程後，發出「喔喔！」的喊聲，像是察覺到什麼似的拍了手心後，拉起七罪的左手，學四糸乃一口含住她的手指。

「呀啊——————！」

七罪雙手受到制約，慌亂得眼珠子直打轉。

「唔嗯？」

六喰見狀，興味盎然地踏出一步。

不過，左右兩隻手都被四糸乃和十香咬了，她猶豫了一下後——

「嗯。」

不知是想到了什麼點子，只見六喰用雙手固定住七罪的臉頰，開大嘴巴，慢慢將臉湊近。

「……！我、我知道了！我知道了啦！我也一起捏飯糰，趕快停下來……！」

七罪拚死拚活地訴說自己的主張後，所有人便露出開朗的神情，恢復原本的姿勢。

「嗯，那就開始吧！」

「唔嗯，去彼處洗手吧。」

「那、那個……七罪，真是不好意思。可是我無論如何都想跟妳一起捏……」

「……呃，那個，嗯。謝謝妳。」

七罪滿臉通紅地回答後，四糸乃便表情一亮，滿心歡喜地露出微笑。

……算了，事已至此，也無可奈何了。七罪在腦海裡想像即將吃下自己捏的飯糰的受害者，在胸前劃了個十字架，祈禱他的靈魂能夠安息。

就這樣，她和四糸乃一起去洗手，把烹飪用的特製套子套在「四糸奈」身上後，再次回到十香等人身邊。

「好了……那我們開始吧。妳們捏了幾個？」

「我和六喰都只捏了這一個！因為我們才剛開始捏！」

「唔嗯。」

說完，兩人指了指剛才拿在手上的飯糰。六喰的飯糰倒還好，十香的飯糰尺寸特別大。

「怎麼樣啊？捏得好嗎？」

「這個嘛……形狀捏得滿好看的。但十香的飯糰實在太大了。」

「唔，是嗎？那這個我自己吃，要給士道吃的再另外捏好了。」

十香如此說完，把巨無霸飯糰放在大盤子上，開始用指尖在飯糰中央挖洞。

「十香？」

「妳在做什麼～～？」

「嗯，我要在裡面包料。我本來想像士道一樣把料也一起捏進去，但難度實在太高。不得已，只好先捏好形狀再加料。」

「喔喔，原來如此。」

七罪點點頭表示認同。的確，跟料一起捏的話比只捏飯還要難成形。

往調理檯望去，發現上面準備好各式各樣的餡料。醬油拌的柴魚片、佃煮昆布、切塊烏魚子和不知為何大量準備的鮪魚美乃滋。比較殊特的餡料有疑似事先做好的炸雞塊，和切成一口大小的東坡肉，簡直應有盡有。

「哼哼，哼哼哼～～」

十香心情愉悅地哼著歌，物色餡料。

不過，途中她微微抖了一下肩膀，立刻停止哼歌。

「……好。」

然後像是下定決心似的點點頭，拿起某個盤子。看見盤子上盛的東西後，七罪和四糸乃瞪大雙眼。

「喂，那是酸梅耶。」

「十香，妳不是不喜歡吃嗎……？」

兩人說完，十香便深深點頭表示她明白。

之後她對兩人投以充滿決心的視線。

「嗯……我的確有點不敢吃酸的東西，所以我現在才應該要克服！連酸梅都戰勝不了，我還有辦法打敗ＤＥＭ嗎！」

說完，十香用力握拳。她那強勁的模樣令七罪等人不禁鼓起掌。

「原、原來如此……嗯，雖然不太明白那個理論，但有感受到妳強烈的決心。」

「十香，妳好棒喔……！」

「唔嗯……令人敬佩呢，十香。既然如此，妾身也拿定主意吧。」

六喰說完踏著悠閒的腳步，從調理檯上拿起某個盤子。

「山葵醬菜啊，看來你與妾身之長期糾葛終於要劃下句點了。」

「咦，原來六喰妳不敢吃山葵醬菜啊？」

「嗯。妾身基本上愛吃醬菜，只是此類醬菜辛辣得很，我鮮少入口——但是，十香的鬥志打動了妾身。說的不錯，即將征戰沙場的我，怎能懼怕此類物品呢？」

六喰彷彿感染到十香的熱情，強勁地宣言。十香見狀，猛然豎起大拇指。

於是，四糸乃也「嗯、嗯」點了點頭表示認同。

「我、我也要……加油！我……其實，有點不敢吃生芹菜。」

「喔喔！那妳要一起挑戰嗎！」

「芹菜啊？記得應該是放在冰箱。」

「……呃，包芹菜的飯糰，就算是敢吃芹菜的我也不怎麼想吃就是了。」

七罪臉頰流下汗水說完，三人便露出「說的也是喔！不愧是七罪！」的表情望向她。老實說……瞧得她挺不好意思的。

「話說，七罪，妳有什麼不敢面對的東西嗎？」

「咦？不敢面對的東西啊……我想想喔。」

正當七罪動腦思考時，「四糸奈」一張一合地動起嘴巴說：

「啊，我記得七罪不是說她不敢面對人的眼睛嗎～～？」

「唔嗯。那麼，是否要包進去呢？」

「不不不，意思不一樣啦……！應該說，妳們是不是早就搞錯方向了啊！」
「就是說啊，六喰，又不能把人的眼睛挖出來。這裡就用鮪魚的眼睛代替，包進飯糰吧。聽說含有豐富的DNA，頭腦會變聰明喔。」
「嗯，真是個妙計。」
「妳們有沒有在聽人說話啊～～！」
兩人一本正經地說著傻話，真希望她們立刻就攝取DHA。七罪不由得大叫出聲。
該說是果不其然嗎？看來準備慰勞品一事似乎前途多難。

◇

「……呃～～來玩聯想遊戲吧，有什麼明明不色聽起來卻很色的詞彙啊～～『香蕉』。」
五河家的客廳響起二亞慢悠悠的聲音。
於是接二連三傳來答案回應二亞的提問。
「人家想想看喔～～『木瓜牛奶』。」
「回答。『炒飯』。」
美九、夕弦和二亞一樣，輕快地說出答案。

於是所有人的視線集中在下一個回答者耶俱矢身上。

「咦……！呃，我想想……那個……馬……『馬丘比丘』……？」

「……！」

耶俱矢紅著雙頰回答後，原本陷在沙發的所有人便立刻挺直身體。

「咦！小矢，請妳詳細解釋一下。『馬丘比丘』到底是哪裡色了啊？二亞我太純真了，聽不懂喵～～！」

「人家也想聽～～！請務必教導！拜託妳☆耶俱矢老師！」

「要求。請求說明。印加帝國的遺跡到底哪裡讓耶俱矢感到性興奮了？」

「為什麼輪到我時就要這樣吐槽我啊！」

耶俱矢忍不住大喊，但三人並沒有多加理會，而是一直探出身子要求回答。

「唔，唔唔……」

「……就、就是……很像……那個聲音啊。」

耶俱矢受不了這股異樣的壓力，舉白旗似的接著說：

「咦咦～～？很像什麼聲音～～？」

「完全不懂～～！」

「請求。麻煩詳細解釋。」

三人還是不放過她，甚至情緒更加激昂地這麼說了。

耶俱矢放棄抵抗，滿臉通紅地發出細小如蚊的聲音解釋：

「……接、接吻時的聲音……」

「…………」

於是下一瞬間，三人沉默了片刻，然後不約而同地吐了一口氣。

「原來如此，原來是這一點聽起來色啊～～！」

「討厭～～！耶俱矢真是可愛～～！」

「通過。看妳好像是真心這麼說的，就算妳過關吧。」

「故意讓人解釋，還一副勉為其難的感覺是怎樣！那妳們也解釋一下啊！二亞，『香蕉』哪裡色了，妳說啊！」

「咦？那當然是因為像男生下面的那一——」

「不要解釋好嗎！」

面對乾脆地回答的二亞，耶俱矢發出哀號聲制止。

「咦咦～～是妳要我解釋的耶～～」

二亞聳了聳肩如此說完，便和其他人回到原來的位置，再次高聲說道：

「算了。那繼續玩喔。『小黃瓜』。」

「那個～～『乳牛』～～」

「回答。『生米煮成熟飯』。」

一下子又輪到耶俱矢回答。耶俱矢又羞紅著臉頰發出顫抖的聲音低喃：

「……棒、『棒棒糖』……」

「……！」

耶俱矢說完的瞬間，三人又火速聚成一團。

「欸、欸，小矢，棒棒糖哪裡色了啊？」

「請告訴人家～～！」

「困惑。難道耶俱矢平常都是用有色眼光看待琴里的嗎？」

「我不要跟妳們玩了啦～～～～！」

三人再次緊咬著耶俱矢不放，耶俱矢發出哀號大喊。

「說起來，這是怎樣啊！我只是順著氣氛陪妳們玩，為什麼突然玩起聯想遊戲啊？」

「咦～～因為很閒啊～～」

聽見耶俱矢說的話，二亞晃動著雙腳回答。

美九和夕弦雖然沒有明確說出來，還是聳了聳肩表示同意二亞。

「唔……！」

耶俱矢憤恨不平地咬牙切齒。

不過，她卻難以否定這句話，因為她也抱持著類似的感想。

四名精靈如今正聚集在五河家的客廳，閒來無事，就只是坐在沙發上。

完全感覺不到數日後就要面臨敵方全體總動員的攻擊戰，非常和平——應該說，懶散至極的時間。

其實應該為戰鬥做準備，但是主要的工作〈拉塔托斯克〉會做。重點是，由於害怕作戰計畫會被〈神蝕篇帙〉偷聽，無法得知詳細的戰略，所以不知道該做些什麼。而琴里實際下達的指示也非常模糊不清，只是要她們好好休息，做好心理準備，無論當天聽到什麼樣的作戰方式也不要吃驚。

但是決戰之日還是一天天逼近，沒有心情沉醉於書海之中或是開開心心地打電視遊戲。

結果就造成了這想要做事又不知該做什麼的奇妙狀態。

「我本來以為來這裡就有什麼事情可做……」

「首肯。想不到連士道都不在家。不知是不是跑去〈佛拉克西納斯〉了？」

「應該是吧，妹妹也不在。小折折和小真真好像說她們要去陸自的基地。早知道就跟著她們去，順便訪談了～～」

「…………」

「…………」

「…………」

天南地北地聊了一下後，又陷入了沉默。

接著，可能是受不了這種氣氛，二亞高聲說道：

「……呃～～那麼來說說看少年表現帥氣的場面！」

「咦？」

聽見這出乎意料的主題，耶俱矢瞪大雙眼。

「我先說，嗯～～果然還是我快要死掉的時候，鍥而不捨地親吻我這件事吧～～就像這樣，緊抱著我。」

二亞說完拿起旁邊的抱枕，把臉壓上去親了一下。耶俱矢不由得羞紅了臉頰。

「這個嘛～～人家是那一幕。在DEM日本分公司，達令挺身保護人家不受反轉十香攻擊的瞬間……！『因為我們──約好了啊。』呀～～！光是想起來就覺得好帥氣呀～～！」

美九緊接著擺動雙腳，情緒激昂地說了。

這次換夕弦豎起一根手指抵在下巴，回答：

「思考。夕弦是士道施展〈鏖殺公(Sandalphon)〉的一擊，制止夕弦與耶俱矢的爭鬥時。」

「啊……！好詐！我本來也想說那個的！」

「否定。才不詐，照順序。」

「話說，這順序是什麼時候決定的，我怎麼不知道！」

「大意。這種事先搶先贏。來，接下來輪到耶俱矢了。還是說，妳只想得出一個士道帥氣的場面？」

「唔……」

雖然感到不滿，但聽夕弦這麼一說，怎麼嚥得下這口氣？耶俱矢臉頰泛起紅暈，吞吞吐吐地說道：

「……我是那個，我們兩人去打保齡球……我哭出來的時候，他默默地摸我的頭……」

「法眼一閃！感應到少女反應！」

「人家要聽詳情～～！」

「打探。那是什麼時候的事？夕弦怎麼不知道？」

「結果都是同一個模式嘛！所以我才不想說啊！」

耶俱矢淚眼婆娑地大喊。於是探出身子的三人「啊哈哈」地笑了笑，縮回沙發上。

沉默片刻後，二亞突然出聲說：

「……真不想讓少年死呢。」

其他精靈也語氣堅定地接著輕聲回答：

「是啊，那是當然～～要是沒有達令，人家到現在可能都還無法相信人。」

「肯定。要是沒有士道，夕弦和耶俱矢可能只有一方存活在這世上。」

「是不是～～我也一樣，要是沒有少年，肯定早就嗝屁了。啊哈哈哈！」

分明是嚴肅的話題，二亞卻嘻皮笑臉。看見她那開朗過頭的模樣，耶俱矢也露出苦笑。

「……說的也是。我也不覺得已經還清他的恩情了。」

耶俱矢如此說完，輕輕將身子往後躺，利用反作用力從沙發上站起來。接著猛然伸出手擋在臉的前面，擺出帥氣的姿勢。

「既然如此，本宮就化為漆黑的守護者，守護他！觸碰這煉獄獠牙之人，必須承受死神的誘惑！」

耶俱矢如此高聲宣言後，二亞等人便發出「喔～～」的一聲，稀稀落落地鼓掌。

「妳還是一樣酷斃了呢……所以，妳剛才說了什麼？」

「翻譯。耶俱矢是說：要是我最最最愛的士道死掉，我也活不下去了！耶俱矢要努力保護士道！然後讓士道給我一個吻當獎勵！」

「呀～～！好大膽喲～～！」

「我感受到翻譯人員的惡意！」

耶俱矢大聲抗議後，這時智慧型手機恰巧響起輕快的鈴聲。

而且不只一支手機。在場所有精靈的手機幾乎都在同一時間響起鈴聲。
「嗯……怎麼回事……呃，十香？」
瞥了螢幕一眼確認來電者的名字後，按下通話鍵。於是，話筒傳來生龍活虎的聲音。
『是耶俱矢嗎！我現在在公寓的廚房捏飯糰要送給士道他們吃，要一起捏嗎？』
結果，其他人的電話也傳來類似的話題。
『那、那個……我是四糸乃。夕弦，我們現在正在做要送給士道他們吃的慰勞品，如果妳願意——』
『二亞嗎？是妾身。前來搭把手吧。』
「討厭啦～～！為什麼只有七罪一個不是打電話，而是傳簡訊啦～～！讓人家聽聽妳可愛的聲音嘛～～～～！」
看來是聚集在公寓的精靈們同時聯絡耶俱矢她們，只有美九不是用打電話通知的。美九難過得抽泣了起來。
耶俱矢笑著望向這幅情景後，朝話筒回覆：
「呵呵，也罷，眷屬啊，本宮也回應汝的召喚吧。暫且等待！」
『喔喔！我等妳！』
耶俱矢等十香說完後，掛掉電話。

二亞和夕弦似乎也在同一時間結束通話。視線突然相交，不約而同地笑了出來。順帶一提，只有美九以迅雷不及掩耳的速度輕敲按鍵回覆簡訊。

「真會挑時機呢。」

「首肯。老實說，就算是芝麻小事，只要能幫上士道他們的忙就好。我們走吧。」

「就是說啊。跟大家一起捏飯糰，好像很有意思呢～～！」

「好，那我們邊走邊玩最後一次遊戲。主題是，以前經歷過的色情……」

「我絕對不玩！」

二亞自然而然地提出主題。耶俱矢大聲尖叫，拒絕她的提議。

◇

空中艦艇〈佛拉克西納斯〉飄浮在天宮市上空一萬五千公尺處，船員們正匆忙地在艦橋上進行作業。

「──椎崎，妳有向各分部請求支援了嗎？」

「已經請求了。等所有分部回應後再一次匯報。」

「很好。川越，地上設施檢查得還順利嗎？」

「目前沒有問題。只要您要求，馬上就能使用。」

「很好。瑪莉亞，機體維修完畢了嗎？如果妳有什麼要求就說出來。」

『基本上沒有問題，硬要說的話，請你們自己檢查巫師使用的基礎顯現裝置——還有清洗艦艇外殼跟打蠟。』

「前者我會照做，後者我拒絕。反正後天還不是會搞得髒兮兮。」

『唔。琴里，女人是從心開始枯萎的喔。』

「妳說什麼？」

琴里原本流暢地下達指示，現在卻「砰！」的一聲敲打控制檯。看見這幅光景，造訪艦橋的士道輕聲苦笑。

「好了，妳冷靜一點。稍微休息一下如何？給妳。」

說完將手上的瓶子遞出去。「……真是的。」琴里搔了搔頭平息怒氣後，接下瓶子。

「謝啦，我就不客氣了。」

琴里簡短說完便含著吸管喝運動飲料，「呼」地吐了一口氣。

雖然沒有說出來，但琴里看起來還是很疲憊的樣子。士道望著熟悉的妹妹那陌生的背影，輕輕握拳。

「……抱歉啊。要是我能幫上什麼忙就好了。」

士道說完，琴里深感意外地瞪大雙眼，接著聳了聳肩。

「你在說什麼啊？你要負責的可是最艱鉅的任務呢。根本沒有餘力去幫別人的工作。」

「最艱鉅……？」

「是啊——那就是，無論如何都要活下來。」

琴里凝視著士道的雙眼如此說完，再次喝了一口運動飲料。

「對手可是最大最強的『魔法結社』DEM Industry，不知道會使出什麼招數。盡可能事先調整好狀態，當天可別因為緊張而睡眠不足或是感冒之類的喔。」

「原來如此……妳說的確實沒錯。」

士道自我反省與警惕，接著微微舉起手對琴里表示投降。

琴里說的完全有理。

雖然常說「休息也是工作之一」，但士道似乎只覺得那是一句話，並沒有切身的感受。

不只有士道一人有這種想法，許多日本人都對同伴在工作卻只有自己一個人在休息這種情況抱持著罪惡感。

不過，該休息時無謂地行動，浪費體力，或是操沒必要的心讓精神疲憊的話，反而可能會帶給同伴們麻煩。

更別說兩天後要面臨的決戰可說是賭上精靈命運的一戰。既然成敗的關鍵在於士道這條命，就不允許他有一絲一毫的鬆懈。

而且——令人憂慮的不只這件事。

「……不知道狂三是不是也會來。」

士道如此說完，琴里便放下瓶子，旋轉椅子面向士道。

「應該，會來吧。就狂三分身說話的口吻來判斷的話，肯定會來。從事情的邏輯來看，倒也可以理解成是我們插手介入狂三與威斯考特的戰爭——不過，既然目標是取士道的性命，會導致這種局面也是理所當然就是了。」

「……說的也是。」

「…………」

或許是從士道的表情感受到危險的氣息，琴里微微皺起眉頭。

「我想不用我提醒吧，這次你可不要隨便逞英雄啊。封印精靈的靈力的確是我們的目的，但如果不先捱過這場戰役就沒有意義——再怎麼樣都必須先活下來，絕對不要在戰場上尋找狂三的身影，免得賠了夫人又折兵。」

「我、我知道啦。」

士道微微拉高音調回答。他並沒有擬定明確的計畫，但若問他是否絲毫沒有這種想法，他也不得不否定……他的臉上有表現得那麼明顯嗎？

「……放心吧，小士。」

當士道與琴里正在談話時，左方突然傳來這樣的聲音——是令音。

「……琴里並不是要你忽視狂三，反而打算盡可能掩護她。」

「咦？」

士道瞪大雙眼望向琴里，琴里便動作誇張地聳了聳肩。

「那是當然啊。就算狂三再怎麼厲害，與DEM正面交鋒打總力戰還是太不利了。當然是以士道活下來為前提啦，如果能在之後封印狂三的靈力就再好不過了。可別在能幫助她的情況下還不幫忙喔。」

「琴里……」

「況且——」琴里垂下視線，接著說：「——不管理由為何，總不能對屢次拯救士道脫離死亡命運的大功臣見死不救吧。」

「……嗯，說的也是。」

聽完琴里說的，士道懷抱著安心的情緒，下定決心點頭稱是。

就在這時，艦橋的擴音器響起瑪莉亞的聲音。

『不過，既然狂三的目的是士道身上的靈力，即使熬過DEM的攻擊，似乎也得再吃一番苦頭呢。』

「哈哈……這倒是。」

瑪莉亞說的沒錯。士道無力地苦笑。

在這一來一往的對談中，琴里突然露出苦惱的表情。

「……？琴里，妳怎麼了？」

「目的啊……」

「咦？」

士道偏過頭表示疑惑，琴里便將手抵在下巴，繼續說：

「就是目的。每個人基本上都會依照目的來行動。我們〈拉塔托斯克〉是為了拯救精靈；DEM是為了得到反轉結晶的力量；狂三則是為了獲得士道的靈力回到過去——這場戰役中，至少摻雜了三種動機。」

「……？是啊，沒錯。那又怎麼了呢？」

琴里一一豎起手指發言。士道不明白琴里的意圖，將頭歪向一邊。

於是，琴里看著士道的眼睛，豎起第四根手指。

「——還差了一個，就是〈幻影〉。」

「啊……」

聽琴里這麼一說，士道瞪大雙眼。

〈幻影〉——賜予琴里等人靈魂結晶，使她們變成精靈的神祕精靈。可以說要是沒有〈幻影〉就不會演變成如今這樣的狀況。然而，那名精靈至今卻連個影子都沒看見。

「〈幻影〉到底為什麼要賜給我們靈魂結晶？她增加那麼多精靈這種災害級的生物，到底有什麼企圖？

……在我們打算一決雌雄的時候，就只有她一個人的存在和目的不明。我覺得這一點非常詭異。」

「這個嘛……」

琴里說完，士道嚥了一口口水。

聽見這番言論的似乎不只士道他們，就連在艦橋下方忙於各種作業的船員們也透露出緊張一邊動著雙手。

不過——在這之中……

「……〈幻影〉的目的啊。」

令音嘟噥了一句。

那不過是一句非常輕聲的自言自語，但不知為何士道的耳朵沒有放過這句話。

「……搞不好，是非常微不足道又無聊的事情。」

「咦……？」

士道抽動了一下眉毛，望向令音。

然而，令音並沒有回答，只是撫摸著從口袋探出來的小熊玩偶的頭。

「那是什麼意思——」

就在士道正要提問的下一瞬間。

「——懇請切磋指教！」

門突然打開，隨後便看見十香和其他精靈拿著好幾個大盤子走進艦橋。

「十香？還有其他人，妳們怎麼來了？……是來踢館嗎？」

「送吃的來！你們差不多也該餓了吧！」

「我、我們捏了……飯糰。」

「嗯。毋須客氣，享用便可。」

琴里歪頭表示疑惑，所有精靈便精神奕奕地回答，高舉手上的盤子。

往盤子望去，發現上面擺了好幾個一一用鋁箔紙包起來的飯糰。

看來是大家為了士道和琴里他們捏的。

「喔喔……好棒喔。所有人都有嗎？」

「嗯！大家吃完飯糰再加油！」

十香說完，露出太陽般燦爛的笑容。看見她那無憂無慮的模樣，士道和在場的琴里與船員們全都像是忘記剛才的緊張感而露出苦笑。

「真是不好意思啊──那我們就接受妳們的好意啦。大家也休息吧。」

「了解。」

「哎呀～～我剛好肚子餓了呢。」

「好……那我也要開動了。就吃這個……」

船員們如此說道，各自從座位上站起來，一邊伸懶腰一邊走向盤子。

「唔！等一下，琴里，妳的在這邊。」

就在琴里伸手要拿起盤子上的飯糰時，十香如此說著轉動盤子的方向。

仔細一看，每個包著飯糰的鋁箔紙上面都貼著寫了名字的貼紙。看來每個人有專屬的飯糰。

「咦，該不會是裡面的餡料不一樣吧？我的是……這個啊。」

琴里說完拿起寫有自己名字的飯糰。

士道、令音和其他船員也有樣學樣，依序拿起自己的飯糰。

之後，把盤子拿來的十香等人也拿起寫有自己名字的飯糰，不過──不知為何，可以強烈感覺到她們十分緊張，表情僵硬。

「十香？怎麼啦？」

「唔……沒、沒有，沒什麼。」

「？算了。那我要開動嘍。」

琴里說完打開鋁箔紙包裝，一口咬下飯糰。

於是，下一瞬間。

「…………！」

琴里猛然瞪大雙眼，臉上立刻冷汗直流。

「……！……！」

然後有一段時間，她那拿著咬了一半的飯糰的手做出奇怪的動作，接著才好不容易嚥下嘴裡的食物，肩膀上下晃動，喘個不停。

「琴里……？妳到底怎麼了啊？」

「還、還能怎樣啊……」

士道詢問後，琴里一臉納悶地看向飯糰的斷面，然後愁眉苦臉地「唔！」了一聲。

一臉疑惑的士道望向琴里手中的飯糰──皺起眉頭。

「香、香菜……？」

沒錯。琴里的飯糰裡包著滿滿的琴里最討厭吃的香菜。

「……咦，這是怎樣，霸凌嗎？」

琴里淚眼汪汪地望向十香她們。不過，十香卻猛力搖搖頭。

「才不是。是為了打倒DEM這個敵人，決定讓大家克服自己討厭的東西，所以我們的飯糰裡……也包了我們不愛吃的餡料。」

十香說完，露出英勇卻泫然欲泣的表情，一口咬下手上的飯糰。其他精靈也跟著同時咬下飯糰。

「……！唔唔……」

「唔、唔唔……好臭……」

「唔、唔嗯……休想擊敗妾身……」

然後所有人都痛苦得扭著身軀，淚眼婆娑。只有折紙面不改色地嚼著飯糰。

「好、好了……士道，你也跨越試練吧。」

「咦……」

被這麼一說，士道看向手上的飯糰。外表看起來很好吃的飯糰，在目睹剛才的光景後，怎麼看都是危險物品。

「……呃，保險起見，我問一下，我的飯糰裡包了什麼？」

士道臉頰流下汗水詢問後，十香便盤起胳膊低吟了一下。

「你的飯糰要包什麼，我們煩惱了好久。因為你沒什麼不敢吃的食物。」

「首肯。士道的飯糰我們再三思量直到最後。」

「呵呵呵……達令～～你要是不敢吃，人家來幫你喲～～」

精靈們一邊說一邊移動，堵住士道的退路。士道「噫！」地屏住了呼吸。

「所、所以說，到底包了什麼啦……！是食物吧！」

「…………」

「…………」

「…………唔呼！」

「至少說句話吧～～～～！」

面對一語不發，莞爾一笑的精靈，士道發出哀號聲。

◇

雖然常說草木皆眠的丑時三刻——但是如今這個世道，鮮少有大城市在凌晨兩點左右便徹底熄燈。

零星透出燈光的住家窗戶、豎立街道的街燈、宛如誘蟲燈閃閃發亮的便利商店。只要那裡是商業區，到處都能看見光明正大忽視勞動基準法的光源。

在各式各樣的光源下，有形形色色的人各司其職，並且不斷地緩慢循環，從不間斷。

不過，人類創造出這種文明和系統的結果，就是導致在城市看不見稱得上沉眠的草木。就這層意義來看，剛才的話也未必是錯的。

話雖如此——如今街上的狀態有些不對勁。

街上亮著就算不注意腳下也能行走的燈光。

然而卻幾乎感受不到理應在那裡蠢動的人類的氣息。

正確來說，從辦公大樓、公寓和商業設施之類的窗戶是能看見裡頭的人影。

但所有人都渾身無力地趴倒在辦公桌上或地上，呈現昏睡狀態。

一座城市陷入沉眠，這現象實在太過異常。不是整個城鎮被人散布了毒氣，就是會懷疑是否正在拍攝災難片，如此脫離現實的光景。

不過，這座城市並非被意外得到化學武器的恐怖分子盯上，也不是被得到大公司贊助而得意忘形的電影製作公司製作人相中。

就只是——地面上「盤踞漆黑的影子罷了」。

沒錯，影子。

原本就已經夠黑暗的道路上——

高樓大廈的牆面上——

理應在燈光照射下的室內——
以及所有沉睡中的人類下方，全都爬著漆黑的顏色。
「————」
在人聲斷絕的城市中心。
時崎狂三雙手合十集中精神，垂下視線。
〈食時之城〉。擴大狂三的影子，從觸碰到影子的生物身上吸取「時間」——也就是壽命的力量。
狂三擁有的時間天使〈刻刻帝〉雖然力量強大，但每射出一次子彈，就會啃食使者用的「時間」。
當然，就算是精靈，狂三的目的可也沒小到餵食她自己一人的「時間」就能滿足天使。
當預料到將會發生大規模戰爭或是身負重傷時，狂三必須像這樣從外部補充「時間」。
不過，狂三也是第一次進行規模如此龐大的補充，平常頂多吸取一棟大樓。因為吸取太多「時間」會引人注意。
如今她也顧不得那麼多了。
明天DEM Industry就要動員所有力量來取士道的性命。為了打倒DEM，保護士道，她需要更多的戰力——至少得吸取一座都市的「時間」。

當然，為了不受閒雜人等干擾，她刻意選擇離天宮市偏遠的地方都市。目的是補充「時間」，要是讓〈拉塔托斯克〉或DEM察覺，可就如字面所示浪費多餘的「時間」了。

「——『我』。」

這時——

黑暗中響起與自己相同的嗓音。狂三慢慢睜開低垂的雙眼。

便看見周圍站了好幾個分身。她們全是和狂三一起將〈食時之城〉擴大到整個城市的人。

「我想應該差不多夠了。」

「是啊——」

狂三輕聲呢喃後，緩緩舉起一隻手。

於是，一把舊式手槍從影子中飛出，直奔她的手中。

「〈刻刻帝〉——【八之彈(Het)】。」

狂三呢喃後，影子便像裝填般被吸進手槍的槍口中。

狂三接著將槍口抵在自己的太陽穴，毫不猶豫地扣下扳機。

腦袋隨著「砰」的乾脆輕響，微微搖晃。

下一瞬間，狂三的身體像是產生重影般立刻一分為二。

【八之彈】，〈刻刻帝〉的子彈之一，能將狂三過去的模樣以分身之姿再次重現。

狂三瞥了一眼新生的分身後，再次開啟雙脣：

「——【八之彈】、【八之彈】。」

一槍。

兩槍、三槍。

不斷射擊。

連續將影子裝進槍口後，一而再再而三地射向自己的太陽穴。

每射一發，狂三的身影便逐漸增加，新誕生的分身群一個一個潛入影子中。

「——呼。」

持續這個舉動好一陣子，增加約一千名分身後，狂三疲憊地吐了一口氣。

「『我』還好嗎？」

「沒問題——別管我，收回影子，繼續下一波吧。」

狂三如此說完，便和剛才一樣垂下雙眼。

雖說有分身的輔助，但要將影子擴展到如此寬廣的範圍，需要相當高的集中力。當然，把擴大的影子收回自己身邊時也一樣。

一整個城鎮。吸取數萬人——不清楚正確數量——「時間」的〈食時之城〉逐漸集結到狂三腳邊。

狂三自認為「補充」的程度不至於令人喪命，但由於無法每個人一一微調，命不久矣的老人或病人或許會因此蒙主寵召。

狂三搞不好奪走了他們與家人、戀人和朋友——所愛之人最後的相處時間。

「…………」

可是，不對——正因如此，狂三才不能就此罷手。

她必須利用【十二之彈】回到三十年前，「抹消」一切。如此一來，現在，以及狂三過去的所做所為，也將不會發生。

在達到這個目的之前，所有事情都不足為道。

狂三一語不發地繼續收回影子。

那副模樣宛如向神祈禱的修女，要不然就是向神乞求寬恕的告解者——但是沒有一個分身敢說出口。

◇

「…………」

夜晚。士道一手拿著裝了奶茶的紙杯，在〈佛拉克西納斯〉的休息區仰望星空。

人家常說都會的天空沒有星星，但飄浮在雲層之上，高度一萬五千公尺的空中艦艇，能將滿天星空盡收眼底。多麼夢幻的景緻啊。不過……士道前陣子才泅泳在那片星海，並非比喻，而是真實的體驗。

「……哈哈。」

他不禁輕笑出聲。

重新思考過後，實在有夠荒唐。想必跟任何人說都不會有人相信吧。

不佩戴任何裝備飄浮在宇宙之中。除了這件事，這一年來——不對，從五年多前開始，士道身上就發生好幾件脫離常識的事情。

就在這個時候──

「──士道？」

後方突然傳來呼喚聲打斷士道的思考。

循聲望去，看見十香穿著睡衣站在休息區的入口處。那群精靈也跟士道一樣，在〈佛拉克西納斯〉的居住空間過夜。

「喔，十香。怎麼了？睡不著嗎？」

「嗯……美九的睡相太差了。」

「是這樣嗎？」

「嗯。像尺蠖蟲一樣在地板上爬，企圖鑽進別人的被窩。」

「……那真的是睡相嗎？」

士道臉頰流下汗水苦笑道。在這緊迫的時刻，美九卻還是老樣子。

結果十香歪著頭反問：

「士道你才是，怎麼還不睡？」

「噢，我在想一些事情。」

士道說完，十香便像是察覺到什麼似的「唔……」地發出輕聲低吟。

「這也難怪。畢竟後天……不對，日期已經變了，所以是明天就要和ＤＥＭ決戰了呢，當然會緊張。」

「嗯……喔喔，也有這個原因啦。」

「唔？」

聽見士道的回答，十香一臉納悶地歪了頭。

「我是在想……狂三的事。」

士道確實必須打贏與DEM的戰鬥並活下來。

不過，關於背後真正的目的——封印狂三的力量，士道還沒得到狂三完整的答覆。

「我絕對……會拯救狂三。她救了我無數次性命，那是我的責任，也是使命。可是，我所認為的『拯救』對狂三來說，真的是『救贖』嗎……老實說，我不知道。」

沒錯。利用〈刻刻帝〉【十之彈(Yud)】偷看到的狂三的半輩子。

被怨恨、憤怒、恩仇與——遠大的夙願所點綴，淒絕無比的經歷。

知道她的過去後，士道一直不斷思考。

能讓狂三的「救贖」與士道的「救贖」兩者並存的方法。

然而，實際的情況卻是無論再怎麼絞盡腦汁都想不出答案。

「…………」

聽完士道說的話，十香表情誠摯地嘆了一口氣。

然後「啪噠啪噠」地踩著拖鞋走到士道身邊。

「我可以坐到你旁邊嗎？」

「嗯，當然可以。」

士道回答後，十香點了點頭，一屁股坐到士道隔壁。

然後拍了拍自己的大腿。

「來吧。」

「咦？」

「少廢話，來吧。」

十香不容分說地如此說道，一把抓住士道的肩膀往自己的方向拉。

宛如──要讓士道枕自己的大腿。

「十、十香？」

事出突然，士道大吃一驚。於是，十香溫柔地撫摸士道的頭。

「怎麼樣？感覺就像『跟媽媽在一起』吧。聽說這是放鬆心情的方法。」

「……哈哈。」

聽十香這麼一說，士道不由得笑出聲。

然後回想起一件事。

那是六月的事。以前狂三出現時，士道看見狂三殘暴的行為而意志消沉。當時給予士道勇氣的也是十香。

「……謝謝妳，十香。妳總是幫我許多忙。」

士道說完，十香指尖顫了一下，沉默片刻。

數秒後開口：

「……沒那回事。我必須向你道歉才行。」

「咦？」

面對十香突如其來的話語，士道瞪大了雙眼。十香接著輕聲說：

「……聽到如果沒有狂三的幫忙，你早就已經死了的這件事，我覺得我的心一陣揪痛。然後……冒出一個想法。要是當時你沒有遇見我，就不會落得這種下場了。」

十香說完緊咬嘴唇。士道的後腦杓感到一股微微的震動。

「十香……」

士道輕聲呼喚，緊緊握住十香的手。

「妳在說什麼蠢話啊。我覺得——我很慶幸當時能夠遇見妳。」

「可是……」

十香發出細小如蚊的聲音說道。士道打斷她，繼續說：

「我的確遇到了許多危險，每當有新的精靈出現時就會被捲入麻煩事當中，不過……我從大家身上得到的東西遠遠超過這些遭遇。現在我根本無法想像沒有十香妳們的人生會如何。」

——歷經過無數次相遇。

在必然與偶然交織下，邂逅了十香。

遇見了溫柔善良的精靈四糸乃。

認識了人稱「最邪惡精靈」的狂三。

因為五年前的事端，再次封印了琴里。

給予八舞姊妹新的選項，讓她們能夠不再互相廝殺，而是共同生存下去。

與控制精靈們的美九交戰，然後並肩作戰。

與七罪鬥智，尋找利用天使千變萬化的本人。

與改寫世界後的折紙和解。

對無法信任別人的二亞展開攻勢。

最後為了見六喰一面，前往外太空。

如今，士道則是被DEM Industry這個威脅給盯上而有生命危險。

不，正確來說，是早已死過兩百多次。

令人不禁想掉淚，要他們放過自己。千辛萬苦如排山倒海不斷湧來。

不過——

「我一點都不後悔。假如我在保有如今所有記憶的情況下，回到與妳相遇之前——我依然會毫不猶豫地對妳伸出援手。」

「士道……」

十香眼眶泛淚，回握士道的手。

士道現在才覺得自己說的話有點肉麻，露出苦笑掩飾自己的心情。

「……喔，沒有啦，如果我保有現在的記憶回到過去，肯定不會練習什麼必殺技、製作角色設定或是寫什麼莫名其妙的詩了……反正再怎麼樣，沒有狂三的天使也無法辦到這種事——」

說到這裡，士道微微皺起眉頭。

因為有一種可能性掠過他的腦海，雖然只是微弱的希望。

「……唔？士道，你怎麼了？」

「沒什麼……話說，十香。」

「什麼事？」

「……我可以再躺一下嗎？」

士道說完，十香溫柔地回答：「嗯。」

第四章　終焉的跫音

「……我問你喔，那個是什麼？」

「嗯？喔喔，是紅綠燈啊。利用燈的顏色來表示可否通行。」

「那個呢？」

「信箱。把信放進去，就能寄到指定的地方。」

「那麼，那個呢？」

「是自動販賣機。只要投錢進去，就能買到飲料。」

「那麼──」

就在這時，澪止住了話語。

「抱歉，我從剛才就問個不停。」

然後一臉不好意思地如此說道。少年搖頭回答：「沒這回事。」

「別在意。妳是第一次看見那種東西，要妳不好奇才是強人所難。」

少年說著，也一邊環顧四周。

排列井然有序的建築物、鋪修平整的路面。電線桿等距豎立在一旁，電線布滿天空。

行人與車輛來去匆匆穿梭其中。這風景對住在附近的少年來說早已司空見慣，但若是第一次目睹這個景色，少年勢必也會做出與澪一樣的反應吧。

沒錯。澪出現在少年面前約過了兩個星期，兩人一起外出閒逛。

讀完家中書籍的澪語言能力已經達到長住日本的程度，也學會一定程度的禮節、規矩和社會常識，因此獲得崇宮家的監護人真那的允許，得以外出。

當然，兩人前往的方向與發生空間震的地方完全相反。遭受前所未有的大災害侵襲的城鎮目前仍未步上正軌，但人活著就要吃飯，必須工作維生。因此就算受災區域廣達幾公里之遠，也必須恢復日常生活基礎以填飽肚子。

電視上空間震的話題依然發燒，不斷播放著空間震導致何等悲劇，但實際上的情形則是住在當地的居民照樣安安穩穩地過日子。

「哇啊……咦……啊──這個我在書上讀過。」

「…………」

澪走在路上，興致勃勃地四處張望。少年看著她，思緒在腦海翻騰。

她的語言能力確實比當時遇到時進步得飛快，也能互相溝通。隨著時間經過，也能用國語表達逐漸清晰的記憶和當時無法理解的事情。

不過，還有太多太多的事情是澪不知道的。

不對——正確來說，應該是正因為學會了語言，才增加了許多無法理解的事。

澪並非普通人，甚至不是依照正常程序產生的生物。

——「精靈」。她說若用國語來表達自己的存在，精靈應該是最接近的詞彙。

以人稱魔法或咒術這類神祕的力量所產生出來的超凡生命。

不過，看著她那好奇心旺盛的背影，實在感覺不出任何危險的氣息。反而——

「——你怎麼了？」

「……哇！」

澪突然探頭望向少年，害少年嚇得抖了一下肩膀。澪見狀，一臉納悶地偏著頭。

「不，沒事，沒什麼。」

「……是嗎？」

澪再次表情疑惑地說完，像是想起了什麼似的端正姿勢。

「話說，那是什麼？」

然後又指向某個東西。少年抬起頭，循著澪的指尖望去。

那是擺在遊樂場店頭，發出吵鬧聲的機體。玻璃製的大型箱子中擺放著好幾個小玩偶，圓滾滾的眼睛望著路人。

「喔喔，那是抓娃娃機。箱子的頂端有裝吊臂對吧？要從外面操作吊臂，抓取箱子裡的絨毛娃娃。」

「這樣啊。這個點子真有趣呢。」

少年簡單說明遊戲後，澪便踏著輕快的腳步走近抓娃娃機，目不轉睛地盯著裡頭。

可能是喜歡擺在裡面的小熊玩偶吧。少年跟在她後面，走到抓娃娃機前，和澪一樣看著玻璃窗內說：

「我抓給妳吧？」

「……咦？」

澪露出一副萬萬沒想到的表情抬起頭。

少年見狀苦笑著將錢投進機器，遵從機器的指引聲開始操縱吊臂。

十幾分鐘後，技術高超地一次……是沒有抓到啦，但總算在荷包變空之前，順利抓到了小熊玩偶。

「好耶——！怎麼樣，有一套吧！」

老實說，因為失敗太多次，所以顯得格外開心。當玩偶從洞口掉出來的瞬間，少年不顧眾人的目光大喊。遊樂場的顧客和馬路上的行人都吃驚地望向他，露出苦笑後離去。

「…………」

少年臉頰泛起紅暈，縮起肩膀拿出小熊玩偶。

「總、總之，拿去吧，澪。」

「……，……？」

澪歪著頭，不明白少年說的話與做出的行動。少年似乎也覺得這個舉動有些令人難為情，便拉起澪的手，將小熊玩偶塞到她手中。

「……？你要給我嗎？」

「嗯。我就是抓來送妳的啊……還是說，妳不想要嗎？我看妳一直盯著看，還以為妳一定喜歡這種娃娃……」

「喜歡……」

澪將眼睛睜得圓滾滾的，重複這個詞後目不轉睛地盯著手上的絨毛娃娃。

「喜歡……讓人充滿好感的感情……對某個對象強烈感興趣……」

然後嘴裡唸唸有詞，低聲背誦出字典裡的解釋，將手中的小熊玩偶抱在胸前。

「——就是這個……嗯，這一定就是『喜歡』。我感謝你，要對你表示謝意……不對，我想想……」

澪做出思考了一下的動作後，立刻面向少年。

「——謝謝你，我好開心。我『喜歡』你。」

接著面帶微笑如此說道。

「……咦！」

那張笑臉，令少年有種心臟被射穿的錯覺。

聽見出乎意料的話，少年滿臉通紅，雙眼游移。

那是今後開始與澪一起生活的象徵性的一頁。

對少年來說，是無可取代的日常開端。

——不過，少年還沒有察覺。

澪這名少女的存在所擁有的意義。

以及一群渴求精靈之人的存在。

◇

早晨，通往來禪高中的上學路上，看得見好幾名學生的身影。

二月的早晨很寒冷。學生們都在制服外加上一件大衣或是圍上圍巾，各有各的禦寒措施。

不過其中也有像殿町宏人這樣只在襯衫外穿上一件西裝外套走在寒天裡的健朗少年就是了。
「Good morning，各位。今天天氣也很晴朗呢！」
殿町說著，朝走在路上的三名女學生揮了揮手。
一名身材高挑、一名體態穠纖合度，還有一名則是個頭嬌小，戴著眼鏡。她們是二年四班的知名三人組，通稱亞衣、麻衣、美衣。
不過，平常生龍活虎的三人一看見殿町的打扮，便一副怕冷的樣子拉緊圍巾。
「早啊……呃，今天根本完全是陰天好嗎？」
「話說殿町同學，你不冷嗎？我看你穿這樣都覺得冷了。」
「我國小的時候有看過這種人，冬天也穿短袖短褲，外號是風的孩子。」
亞衣、麻衣、美衣依序說完後，殿町便「哼哼」兩聲，自豪地挺起胸膛。
「妳們終於發現我的勇猛了啊。說到底，女生還是喜歡健壯的男生。我看今天早上電視上的人這麼說。」
「……妳有看嗎？」
「沒有，我沒看。我家基本上只看晨間新聞。」
「我家也是。啊，好像在某個城鎮發生了集體昏睡事件對吧？好可怕喔～～」
說完，亞衣、麻衣、美衣撇下殿町，自顧自地聊了起來。但是，殿町不屈不撓地提高音量。

「總之！這下子我也終於能交到女——哈、哈啾！」

話還沒說完，殿町就打了一個大噴嚏。亞衣、麻衣、美衣三人一臉無奈地翻了白眼吐槽：

「因為穿得少而感冒，可是離勇猛還差得遠嘍！」

「話說，比起見都沒見過的大人物說的話，還是聽取眼前女生的意見比較實在吧～～」

「就是說呀。就好比這位山吹亞衣小姐，可是痴痴單戀著每到季節變換的時刻就一定會感冒的文科男呢，先生。」

「妳們給我等一下！」

自己的戀愛事跡突然被爆料，亞衣想一把抓住美衣的後頸。美衣察覺後拿麻衣當擋箭牌，繞著周圍跑來跑去。

殿町冷得肩膀直發抖，吸著鼻涕，像是發現什麼似的赫然瞪大雙眼。

「感冒……咦！原來是這樣啊。那個，我是很開心山吹對我的心意啦，不過吃驚的感受大於開心……」

「嗚哇，這個傢伙還自以為是他咧，也太臭美了吧！別擔心，不是在說你啦！」

亞衣以麻衣的身體為軸心，從對側伸手抓住美衣的後頸，趁空檔大喊。「咦～～讓人家美夢再作久一點嘛～～」殿町扭著身軀回答。

「真是的……對了，殿町同學，你有看見五河同學嗎？」

亞衣捏著美衣的臉頰洩恨，像是突然想起般問道。

「五河？沒有耶，今天還沒看見他。妳找他幹嘛？」

「沒有啦，就是聽說那個淫獸又跟時崎同學約會了。我們是想對他說，那十香要怎麼辦啊！混帳！向他表明我們的遺憾之意。」

「而且根據可靠消息來源，『只屬於我的動物園』又增加了新夥伴。」

「這次是一個說話有古代腔的蘿莉巨乳喲，先生。那是怎樣，根本是犯罪吧。」

三人壓低聲音說完，殿町哈哈大笑。

「啊哈哈！什麼鬼啊！唯獨五河——」

「不可能做那種事？」

「不，肯定是事實。我一看到他就告訴妳們。」

「多謝合作。」

殿町就這樣與亞衣、麻衣、美衣結盟。四人宛如比賽前的隊友，手與手交疊，看著彼此大喊：「喔～～！」

結果——下一瞬間。

嗚嗚嗚嗚嗚嗚嗚嗚嗚嗚嗚嗚嗚嗚嗚嗚嗚嗚嗚嗚嗚嗚嗚——

彷彿看準了時機，街上響起警報聲。

「！是空間震警報……！」

「不會吧，真的假的？」

突如其來的響報聲令殿町、亞衣、麻衣、美衣，以及周圍的學生立刻陷入一陣騷動。

但是並沒有引起多大的混亂。畢竟這裡是東京都天宮市，全球空間震發生頻率最高的城鎮，也是避難所普及率第一的地區。學生也經歷過好幾次不屬於訓練的避難，看起來已經習慣應對這種狀況。

「嗚哇……這種大冷天的，別來這招好嗎～～」

「妳在說什麼啊，快去避難吧。我們去學校的避難所。」

「好～～」

殿町一行人一邊悠閒地交談，一邊前往學校地下的避難所。

雖然響起警報，但並非立刻會發生空間震，慌慌張張地拔腿就跑反而會更加危險。他們極為冷靜地依序走進避難所的入口。

於是——

「……嗯？」

殿町正要進入地下入口時，突然停住腳步。接著他仰望天空，納悶地瞇起眼睛。

「嗯？殿町同學，你怎麼了？」

「沒有……只是覺得剛才天空好像閃過什麼東西。」

「啥？」

聽了殿町說的話，亞衣、麻衣、美衣也跟著仰望天空，不過立刻歪了歪頭。

「……長怎樣？」

「嗯……該怎麼說呢？感覺雲層上方有一艘巨大的戰艦？」

「…………」

殿町說完，亞衣、麻衣、美衣沉默不語。不，正確來說，是帶著一絲憐憫的眼神望著殿町，輕聲竊竊私語起來。

「殿町同學的腦袋終於……」

「不對，我看他是自以為能看見什麼特別的東西吧？」

「不管怎樣，都有病啦！」

「妳們要說可以，但至少別讓我聽到吧。」

殿町瞇起眼說完，再次仰望天空，一臉費解地將頭偏向一邊，走進了避難所。

◇

——人工的絕望從天而降。

Deus Ex Machina的空中艦艇。以超越人類智慧的力量所產生出的無數巨大黑影突破雲層，出現在杳無人跡的城市上空。

那副模樣宛如默示錄中的破壞者，為了毀滅豐饒大地而現身的地獄之王。

在天空中移動的黑影，數量約有三十。

沒錯。〈拉塔托斯克〉所知的DEM Industry艦艇幾乎全都聚集到天宮市上空。

「——來了呢。」

琴里在〈佛拉克西納斯〉的艦長席上望著那幅光景，豎起口中含著的加倍佳糖果棒，瞪視正面的螢幕。

「DEM一行人全都是追著你來的喔，士道。你可真搶手啊。」

她打趣地如此調侃，並且瞥了士道一眼。士道苦笑著聳了聳肩。

「啊啊……我真是感動得快要哭出來了。不過，可惜他們都不是我的菜啊。」

「啊哈哈，那就沒辦法了，只好鄭重地請他們打道回府了。」

琴里如此說完，從艦長席站起來，踏出腳步，披在肩上的外套因此隨風飄揚。

接著朝艦橋下方的船員以及通訊器另一端的〈拉塔托斯克〉機構人員高聲發言：

「我是〈佛拉克西納斯〉艦長，五河琴里。首先由衷感謝各位的協助。

——那麼，想必各位的螢幕上也已經顯示出來了吧？有一群沒禮貌的訪客跑來我們的地盤撒野，打算以粗魯粗暴的方式奪取精靈的靈力，是最差勁最惡劣的暴力男。

啊～～討厭，真是難看死了。偏偏這種想用力量支配女人的男人一旦被甩了，就死皮賴臉纏著人家不放。不顧別人的想法為所欲為，竟然還以為不會被討厭，真是難以理解。難道所有女人看起來都是善解人意的媽媽嗎？」

琴里說完矯揉造作地嘆了一口氣。結果通訊器另一端傳來輕微的笑聲。

琴里冷不防揚起嘴角，接著說：

「好了，讓我們教教不懂禮儀的暴徒吧。

教他們正確對待女性的方式；

優雅護送女性的方法；

以及——我們的戰爭（DATE）手段。」

『了解！』

艦橋下方和通訊器另一端響起強而有力的聲音回應琴里的宣言。

那股撼動空氣的魄力令士道不禁向後仰。

「大家的情緒好激昂喔……」

「是啊，琴里也很帥氣呢。」

士道旁邊的十香點點頭表示同意。於是，琴里聳了聳肩並且回過頭。

「如果大家也能體會到十香妳所抱持的感想，就再好不過了。因為激勵大家的鬥志也是司令官的職責之一。不過，光是狂熱還不行，最好要頭腦冷靜，內心嚴苛才行。」

她說完豎起一根手指。

士道吐了一口長氣。雖然是自己的妹妹，但那副模樣看起來實在非常帥氣。

不過，琴里微微皺起眉頭接著說：

「——但是，說得再好聽，現在的狀況也實在稱不上有利。請大家明白這一點。敵方的空中艦艇約有三十艘，反觀〈拉塔托斯克〉的艦艇，包含〈佛拉克西納斯〉在內也只有五艘。巫師的數量估計有將近十倍的差距。而且，對方還有約數千架〈幻獸．邦德思基〉，更不知道會冒出多少〈妮貝可〉。儘管我方在顯現裝置的性能方面占上風，但正面交鋒恐怕還是沒有勝算吧。」

「…………」

聽完琴里說的話，艦橋上的精靈們全都嚥了一口口水。

「不過——」琴里說著面向所有精靈。
「有一群人有可能打破這樣的戰況——那就是妳們。」
接著依序凝視精靈們的臉，繼續說：
「……我十分明白，身為守護精靈的組織司令官，竟然還向精靈乞求幫助，實在是本末倒置。我真的覺得非常丟臉。
不過——拜託妳們，請妳們助我一臂之力。我以〈拉塔托斯克〉司令官……」
說到這裡，琴里頓了一下，接著改口：「不，不對……」並低下頭。
「我以士道妹妹的身分拜託妳們——請救救我的哥哥。」
「那還用說嗎！」
十香踏出一步，高聲說道。
其他精靈也跟著點頭稱是。
「也請讓我們……幫忙。」
「就是說呀～～！要是排擠我們，我們可是會生氣喲～～！」
「妳說激勵鬥志是司令官的職責？啊哈哈，那妹妹妳現在超像司令官的嘛。」
「各位……」
精靈的回答令琴里熱淚盈眶——但她立刻用手背擦去淚水。

然後乾咳了幾下，重新打起精神後，再次露出堅決的表情抬起頭。

「——謝謝妳們。不過正因如此，接下來的行動非常重要——二亞，可以判斷〈神蝕篇帙〉沒有窺探我們在這裡的對話吧？」

琴里詢問後，二亞便大大地點點頭。

「嗯，目前的〈神蝕篇帙〉需要花費不少時間來搜尋，不需要擔心……所以，我們要使出什麼奸計？像是利用小六的天使打開任意門，突然攻打牙城嗎？」

二亞一邊揮著空拳一邊說。於是，六喰將眉毛皺成八字形，發出低吟。

「對不住，妾身可能辦不到。自從靈力遭到封印後，就難以長距離移動……」

「啊，是這樣嗎？」

「就算做得到，我也不會允許。對方勢必有所警戒，也不知道會設下什麼陷阱。搞不好——在通過『洞孔』的瞬間就會被艾蓮察覺，砍下我們的頭。」

琴里聳著肩說完，望向折紙和真那。

「話說，折紙、真那，說來聽聽吧。妳們之前提到，可能讓那些礙眼的〈幻獸・邦德思基〉失去力量的辦法是什麼？」

「好。」

折紙與真那對看了一眼後微微點頭，回應琴里。

「不過在那之前，我想先向瑪莉亞確認一件事。」

『?什麼事，折紙?』

艦橋的擴音器傳來瑪莉亞的聲音回答折紙。折紙看著顯示「ＭＡＲＩＡ」這幾個字的螢幕，接著說：

「——正如我之前說過的，〈幻獸・邦德思基〉是利用ＤＥＭ的新型顯現裝置〈阿休克羅夫特-β〉來運作。只要知道詳細的構造，是否有可能發射電波干擾妨礙他們的行動？」

折紙說完，瑪莉亞像在思考般沉默了一會兒後回答：

『理論上是可行的，但太過不切實際了。如果能從ＤＥＭ偷出詳細的設計資料，那又另當別論了——』

「要是我說〈阿休克羅夫特-β〉是以巫師阿爾緹米希亞・阿休克羅夫特的腦袋為模型所製成的呢？」

「……妳說什麼？」

聽見折紙說的話而皺起臉的人是琴里。士道也皺起眉頭表示疑惑。

「阿爾緹米希亞……是之前跟艾蓮在一起的那個女人吧？」

「對。她是前英國對抗精靈部隊ＳＳＳ的王牌巫師。」

真那盤起胳膊回答。

「ＤＥＭ的顯現裝置過去必須利用人腦從外部操控，但是藉由掃描她的腦袋後，成功在顯現裝置內加入了操控機能。」

「——如果能抓住她，是否有辦法根據她的腦波數據，組成針對〈阿休克羅夫特-β〉的干擾電碼？」

『…………應該，有辦法。』

瑪莉亞沉默了幾秒後如此說道。聽見她的回答，精靈和船員全都「喔喔！」地高聲歡呼。

不過，瑪莉亞立刻制止般接著說：

『可是，前提是有辦法抓到阿爾緹米希亞。她的魔力值僅次於艾蓮，就算我們有精靈，也沒那麼容易抓到她。』

「——關於這一點，我有個主意。」

「什麼主意？」

士道說完，折紙和真那同時點頭。

「真要說的話，她其實是對ＤＥＭ的做法抱持懷疑的。我不認為她會對ＤＥＭ百依百順。從她不記得我和折紙這件事來判斷，非常有可能是被消除了記憶。」

「沒錯。所以——我想借用大家的力量。」

折紙淡淡地述說戰略。

聽完她的提議後，精靈們瞪大雙眼。

「呵呵，真有意思。這個方法或許可行喔。」

「首肯。不愧是折紙大師。這點子太棒了。」

「唔嗯……也罷。不妨一試。」

精靈們各自發表意見後紛紛表示贊同。琴里沉思了片刻，不久也像是下定決心般抬起頭。

「──我知道了。不過，妳們千萬要小心。」

「嗯！」

「……嗯，知道了。絕對不勉強。」

十香用力地點了點頭，而七罪則是移開視線，點頭答應。

琴里回以首肯後，接著望向顯示「ＭＡＲＩＡ」的螢幕。

「好了……接下來輪到妳了，瑪莉亞。假如剛才的作戰成功，對方也還有〈妮貝可〉大軍。要是不想辦法解決她們，就不可能壓制威斯考特。」

『我明白。』

瑪莉亞輕聲回答，繼續說：

『〈妮貝可〉是基於〈神蝕篇帙〉的力量產生出來的擬似精靈。從分析結果來判斷也是如此。那麼──』

瑪莉亞向所有人說明對抗〈妮貝可〉的戰略。

聽完後，大家的表情逐漸染上驚愕之色。

「妳……妳是認真的嗎，瑪莉亞？」

「這、這麼做……沒問題嗎……？」

「妳在說什麼啊，瑪莉亞！妳明白現在的狀況嗎？我怎麼可能允許妳這麼做！」

所有人表現出動搖的情緒，琴里更是高聲喊叫。

不過，這也無可厚非。因為瑪莉亞的提議就是如此出乎意料。

『我當然明白。不論是現在的狀況，還是我的提議有多麼荒唐。不過正如琴里所說，只要不解決〈妮貝可〉，我們就無法獲勝。而我敢肯定沒有其他方法能讓〈妮貝可〉失去力量。』

「可是……那麼做太──」

「──不。」

至今一直沉默不語的士道高聲發言，打斷琴里。

然後抬起頭，握住拳頭。

「既然只有這個方法，那就這麼做吧。倒不如說……這種做法不是超符合我們的風格嗎？」

「士道……」

琴里有一瞬間一臉不安地看向士道──但又立刻拍了拍臉頰，露出銳利的視線。

「……說的也是。你說的沒錯。」

接著再次面向前方，肩上的外套跟著擺動。

「通知各艦！共享戰略！勢必讓作戰成功！」

「了解！」

船員們回答琴里的聲音撼動整個艦橋。

琴里全身感受著這道回應，嘴角上揚。

「——首先，就讓我來告訴你們，在天宮市跟我們交戰會有什麼下場。」

◇

逼近天宮市上空的鋼鐵惡魔，DEM Industry的空中艦隊。

航行在最內側的旗艦〈雷蒙蓋頓〉(Lemegeton)，如今艦橋上充滿船員們響亮的聲音。

「——在天宮市上空偵查到五艘空中艦艇。」

「分析識別反應。全是〈拉塔托斯克〉的艦艇。」

另外也有聲音透過通訊器從擴音器發出，摻雜其中。

『〈何諾里〉(Honorius)，戰鬥準備完畢。』

『〈阿爾瑪德（Almandal）〉、〈幻獸・邦德思基〉發射準備完畢。』

『〈加爾德拉博克（Galdrabók）〉、巫師部隊也準備完畢。』

「——很好。」

聽到無數震動鼓膜的報告後，威斯考特大大地點了頭。

然後望向螢幕，看見〈拉塔托斯克〉的艦艇像徹底瞄準般將艦首朝向己方，揚起嘴角。

「看來〈夢魘〉似乎有把我的話轉達出去呢。還是說，這個世界已經是她改寫過的世界，只是我們沒發現罷了？」

威斯考特撫摸著下巴，嗤嗤竊笑。

於是站在他身邊的艾蓮望著前方的螢幕說了：

「五艘——嗎？看來〈拉塔托斯克〉也動用了全部的戰力呢。」

「是啊，正確的判斷。如果我是司令官也會這麼做吧。因為若是不在此時進攻，他們應該就沒有勝算了。」

「進攻嗎？他們不應該是為了保護五河士道而防守嗎？」

艾蓮一臉納悶地將頭歪向一邊。威斯考特回答：「沒錯。」一邊用大拇指指向自己的心臟。

「他們恐怕是打算解決掉我或妳，才會那樣安排陣勢。他們十分清楚只要我們消失，ＤＥＭ就會自動垮臺。」

威斯考特說完，艾蓮便微微皺眉。

「艾克，既然你這麼預測，還是待在安全的地方比較好吧？」

艾蓮語帶疑惑地說道。不過，威斯考特緩緩搖頭拒絕。

「他們之所以會全體總動員來對抗我們，就是因為我在這裡。即使希望微乎其微，但總歸還是有希望。如果擊退襲擊也無法逆轉，他們應該會選擇逃亡吧。那樣就麻煩了。就算我手中有〈神蝕篇帙〉，任他們把五河士道藏起來，東逃西竄的，我找起來也很費勁。」

威斯考特說完，艦長席周圍的〈妮貝可〉群高聲表示同意：

「沒錯、沒錯。」

「艾蓮真是的，連這一點都不懂嗎？」

「應該是腦袋老化了吧？要不要鍛鍊一下腦力啊？」

「…………」

「冷靜點，艾蓮。在戰鬥前削減同伴數量怎麼行呢？」

正當艾蓮一語不發地慢慢舉起手時，位於後方的阿爾緹米希亞適時阻止她。艾蓮板著一張臉用鼻子冷哼了一聲，悻悻然地交抱手臂。

「呵，別生氣，艾蓮。不只這個理由。」

「……怎麼說？」

「這是我們的戰爭，是由我們揭起的改變世界的革命。既然如此，總不能只讓妳一個人在場吧？」

「…………」

艾蓮沉默片刻，凝視著威斯考特的雙眼。不久後，她突然垂下視線點點頭。

「……是啊，你說的沒錯。就是這樣啊，艾克。」

「嗯。」

威斯考特簡短地回答後，摸了摸因為聽不懂兩人的對話而顯得有些無聊的〈妮貝可〉的頭，面向前方。

「好了，那麼開戰吧——艦長。」

「是。」

〈雷蒙蓋頓〉的艦長歐尼斯特・布倫南上將同等官點頭回應威斯考特。

「——那麼，立刻開始作戰。各艦，發射第一批〈幻獸・邦德思基〉，讓他們散開。」

『了解。』

分散四周的各空中艦艇的艦長回應布倫南的指示。

與此同時，螢幕上顯示的空中艦艇機艙艙口開啟，從中發射出無數〈幻獸・邦德思基〉。

那幅光景宛如蟲卵同時孵化。若是有密集恐懼症的人看見，可能會起雞皮疙瘩。而實際上，艾蓮就稍微移開了視線。

「〈諾托裏阿（Notoria）〉、〈皮卡特里克斯（Picatrix）〉、〈亞伯特（Albert）〉，準備發射魔力砲。目標，〈拉塔托斯克〉空中艦艇——」

然而，就在布倫南要下達砲擊指示的下一瞬間，艦橋響起好幾道爆炸聲。

「——！發生什麼事了？」

「啊！〈幻獸．邦德思基〉隊好像遭到攻擊了！」

「你說什麼？是〈拉塔托斯克〉艦幹的嗎？」

「不，這是——」

『——嘻嘻嘻，嘻嘻嘻嘻嘻。』

當船員正想報告狀況的時候，艦內的擴音器響起這樣的笑聲。

隨後一面螢幕映出一張少女的大臉。

綁成左右不均等的黑髮，以及左眼閃耀的金色時鐘。

——她是精靈時崎狂三。看來她正探頭窺視裝設在〈幻獸．邦德思基〉頭部的攝影機。

『Attention Please。有聽到嗎，壞心的巫師？』

「……〈夢魇〉。」

艾蓮眼神凶狠地呼喚這個識別名後，主螢幕原本顯示出天空的影像便出現好幾名「狂三」。

『我現在要去狩獵你們。你們大概已經嚇得失禁了吧，但可別落荒而逃喔。』

「什麼──！」

艾蓮憤怒地大聲怒吼，攝影機同時「啪嘰」一聲毀損，影像與聲音瞬間中斷。艾蓮失去發洩怒氣的對象，心浮氣躁地握緊拳頭。

螢幕上顯示出一群狂三接二連三摧毀〈幻獸．邦德思基〉的畫面。或許是看見了這幅情景，布倫南艦長下達指示：

「嘖……〈何諾里〉，支援〈幻獸．邦德思基〉隊。」

『了解。發射彈幕──』

不過，〈何諾里〉艦長的回答中途便被爆炸聲掩蓋。艦橋的擴音器傳來沙沙雜音與慘叫聲。

「怎麼回事，發生什麼事了！」

『唔……看來是受到地上射擊而來的砲擊。』

「地上……？怎麼會？〈拉塔托斯克〉艦艇還沒有行動啊。」

「……！艦長，你看……！」

其中一名船員像是發現什麼似的大喊，操作控制檯。接著，主螢幕的一部分顯示出疑似擴展在〈何諾里〉下方的街道風景。
「什麼——」
布倫南見狀，微微屏息。
不過，這也是理所當然的事。因為那裡聳立著頂樓裝設有魔力砲的大樓。
不，正確來說並不只如此。眾多住戶、街道，甚至是疑似商業施設的建築物都改變了形態，變成具有威脅性的結構，將砲門朝向上空。
看見這大大出乎意料的光景，布倫南一雙眼睛瞪得老大。
「這座城市到底是怎麼回事啊……！」

「西天宮四丁目大樓砲，擊中敵方空中艦艇！」
「——好耶！」
聽見船員的報告，艦長席上的琴里小動作地擺出勝利姿勢。
然後看著主螢幕映出來的敵方艦隊，晃動嘴裡含著的加倍佳糖果棒。
「沒想到我們會使出這一招吧？四丁目到五丁目，持續發射砲擊！」
『了解！』

回覆聲透過通訊器傳來，地上再次朝DEM艦發射魔力砲。

士道見狀，臉頰不禁流下汗水。

「該怎麼說呢……好驚人啊。原來天宮市有那種裝置喔……啊，剛才發射光束的超市，我偶爾會光顧……」

於是，琴里得意洋洋地哼了兩聲，盤起胳膊。

「之前〈佛拉克西納斯〉正在修復的時候，我們不是利用天宮市的地下設施來充當臨時司令部嗎？我們在地下建設了那麼多設備，你以為地面上會什麼都沒準備嗎？」

「啊……」

聽琴里這麼一說，士道這才回想起來。正如琴里所說，天宮市的地底下有好幾處〈拉塔托斯克〉的設施。

當然，既然不可能隨意更動國有道路和私人土地，那肯必是〈拉塔托斯克〉擁有的土地吧——只是沒想到竟然會有這樣的設備。

「不過，地上的砲臺頂多只能牽制和分散對方的戰力——各艦散開，開始攻擊敵艦。巫師部隊去支援精靈。」

『了解。』

收到琴里的指示後，〈拉塔托斯克〉的空中艦艇開始行動。

琴里一邊確認各艦的行動，一邊望向位於艦長席後方的精靈們。

「——各位，拜託妳們了。按照之前的計畫行動。」

「嗯！」

「呵呵，終於輪到吾等上場了啊。」

「上陣。等候已久了。」

「唔嗯，那就出發吧。」

十香等人用力點點頭後，便依序搭乘傳送裝置。

DEM旗艦〈雷蒙蓋頓〉的艦橋上，無數的報告聲此起彼落。

「〈何諾里〉恆常隨意領域，減少百分之十！」

「對方再次發射砲擊！」

「〈幻獸・邦德思基〉隊，接二連三被擊敗！」

「唔……」

布倫南艦長微微皺起臉，瞬間苦惱著不知如何應對。

不過，這也理所當然吧。本來打算強襲猛攻，卻萬萬沒想到會反過來遭到奇襲。

然而，佇立在艦長席後方的威斯考特卻打從心底樂不可支地扭著身軀。

「──哈哈，哈哈哈哈！」

「……？威斯考特先生？」

「有什麼關係，我們就應戰吧。混亂、混戰是兵力少的軍隊才會採取的戰略。我們只要平心靜氣，使出渾身解數出擊就好，不需有所保留。讓第二批〈幻獸・邦德思基〉和巫師部隊出動。對了，已經要求當地的對抗精靈部隊支援了，也讓她們出場大顯身手吧。」

「是──！」

布倫南聽從威斯考特的意見，對各艦下達指令。

威斯考特轉身望向ＤＥＭ引以為傲的最強戰力群。

「艾蓮、阿爾緹米希亞、〈妮貝可〉，正如我所說的，我們將全力以赴，擊潰敵方。指令只有一個──將眼前的敵人殺得片甲不留。既然他們自稱〈世界樹上的松鼠(拉塔托斯克)〉，今天就是他們的末日。」

「是。我會將勝利呈獻給您。」

「了解。」

「好的～～父親大人。不過，我覺得只要我們出馬就夠了。」

三方各自回應後，這群可愛的惡魔便飛向空中。

◇

「——嘻嘻嘻嘻嘻。好了，『我們』走吧。優雅、妖媚地蹂躪敵人吧。」

「好的、好的！」

「真是興奮，熱血沸騰呀！」

在狂三的一聲號令之下，無數分身爬出影子。

她們宛如化為黑色的閃光飛向天空後，手持手槍，發射影子子彈，接二連三擊落在空中分散開來的〈幻獸．邦德思基〉。

狂三的分身與〈幻獸．邦德思基〉都是以數量為優勢的兵力，但就個體的能力來看，狂三這方略勝一籌。〈幻獸．邦德思基〉群雖然也正面迎戰，但抵抗無效，一個個被分身群射穿胸口，扯下手臂，砍下頭顱。

「嘻嘻！嘻嘻嘻嘻嘻嘻嘻嘻嘻！」

「竟然想以這樣的兵力阻止我們，未免太狗眼看人低了吧。」

「既然你們無心戰鬥，我就一口氣取下你們首領的首級，奉獻給你們——！」

然而——下一瞬間。

有好幾枚類似紙張的東西朝擊落〈幻獸・邦德思基〉的狂三分身飛來，旋即有無數名少女飄揚著暗灰色髮絲從中現身，以高速的貫手技法貫穿分身的身體。

「噫——！」

分身發出短促的臨終叫聲，就這麼墜向地面。

「『我』！」

「哼……量產型終於出現了啊。」

狂三說完，無數的〈妮貝可〉便舔著沾滿鮮血的手望向她。

「量產型？妳沒有資格這麼說我們吧？」

「我從以前就一直這麼想了，妳們跟我的人物特性重複了吧？」

「放馬過來吧。看看哪邊才是真正的群體角色。」

「——正合我意。我要把妳們的頭顱排在一起，獻給妳們最愛的『父親大人』。」

狂三露出淒厲的笑容後，與分身群一起將槍口指向〈妮貝可〉。

◇

——天宮市上空有無數火花四濺。

那幅光景實在非常脫離現實。

空中飄浮著多艘巨大戰艦與眾多巫師。宛如飛蟲掠過視野的影子全是模擬人型的機器人。變形的建築物不斷從地上發射砲擊，攻擊戰艦。隨後機器人便遭到精靈〈夢魘〉逐一破壞。

「什麼……」

日下部燎子望著擴展在眼前的異常戰場，呆愣地從喉嚨發出聲音。

「這是什麼狀況啊……」

燎子是AST的隊長，身為一介巫師，她也經歷過不少激烈的戰場。

無論是與〈公主〉(Princess)、〈隱居者〉(Hermit)等好幾名精靈交戰，或是以DEM日本分公司為舞臺的混戰，雖然並非毫髮無傷，但她好歹都倖存而歸。

但是看在燎子眼裡，這幅光景依然非比尋常。

狀態與規模實在與平常的戰鬥相去甚遠。在整座城市的上空展開大混戰，而且在視為敵方的反應中不僅偵查到精靈，甚至還包含巫師與空中艦艇。

已經脫離AST的主要任務——與精靈交戰了。

如今擴展在眼前的光景，無庸置疑是一場「戰爭」。

不知道詳細的出動理由就被扔進這場混戰之中。可想而知，燎子與其他AST要員有多麼困惑。

『隊長……』

這時，頭戴式通訊器傳來美紀惠的聲音。

『折紙前輩之前說的，就是這件事吧……』

「…………」

聽見美紀惠說的話，燎子沉默了片刻。

沒錯。現在這個狀況，確實正如前同事鳶一折紙兩天前所預料的一樣。

『還是照折紙前輩說的，退到後方比較……』

「妳、妳在說什麼傻話啊？不管是以什麼形式，任務就是任務。既然有精靈參戰，打倒精靈就是我們的職責吧。」

『可是……』

美紀惠依然不死心。

身為上司，燎子應該斥責對命令提出異議的美紀惠才是，不過……她只是冷哼了一聲，什麼都沒有說。老實說，燎子在心情上也跟美紀惠的想法差不多。

雖說是前同事，但燎子並非全然相信折紙所說的話。但若問她是否對折紙提到的內容毫無頭緒，答案倒也是否定的。

基於過去發生的種種事件，她對DEM Industry越來越不信任，疑慮也益發加深。而且有些精靈也並非全然無法溝通。

不過，在那種情緒快要滿溢而出時，身為ＡＳＴ隊長的責任與自尊卻及時壓抑住它。

不——不只如此。說得更正確一點——

在她相信折紙所言的那一剎那，就代表自己過去的所做所為是錯誤的。她非常害怕承認這一點。

就在這一瞬間，宛如察覺到燎子的心思，恰巧有通訊傳來——是ＤＥＭ公司的巫師。

『——哈囉？妳就是陸自ＡＳＴ的隊長嗎？』

「……對，我是。妳哪位？」

『我是ＤＥＭ第二執行部的愛琳．佛克斯。感謝貴隊的協助。請妳們立刻攻擊該地點的精靈，我們會在一旁支援。』

「什麼……？等一下，為什麼突然……」

燎子還來不及反問，對方便切斷了通訊。隨後，投影在視野中的地圖立刻多了一個標記。

望向指示的位置，確實能看見愛琳提到的有精靈正與機器人交戰。一名少女跨坐在有如巨大兔子的天使上——是〈隱居者〉。

「啊啊，可惡，到底是怎麼回事啊！」

燎子不耐煩地搔了搔頭，嘆了一大口氣，加重手持雷射加農砲的力道。

「……工作就是工作。我們上吧！」

「了、了解……！」

燎子說完後，ＡＳＴ的隊員們儘管猶豫，還是予以回應。

驅動背上裝備的推進器，組織隊形，突擊目標〈隱居者〉。

「受死吧！」

「！呀——」

燎子一隊同時發射雷射加農砲後，〈隱居者〉便捲起冷氣漩渦製造出冰牆，擋下攻擊。

不過，攻擊被精靈擋下對ＡＳＴ來說根本是家常便飯。燎子對隊員們下達下一個指示。

「從後面繞過去！注意她發出來的冷氣！會連整個隨意領域一起凍結！」

『了——』

就在這一瞬間，隊員的聲音突然中斷。

正確來說，是被耳邊響起的尖銳警告聲蓋過。

「什麼——」

有熱源接近。一股強大的能量從背後逼近。燎子看見顯示在視野中的情報後，屏住了呼吸。

不過，那也是理所當然的事。因為那個反應並不是從精靈身上發出的——而是剛才和她通訊的ＤＥＭ巫師所發出的攻擊。

燎子疑惑了片刻便立刻領悟到。

那個DEM的巫師打從一開始就沒有打算支援AST。

只是為了讓精靈露出一瞬間的破綻才唆使燎子她們。沒錯，所有絆住精靈的AST隊員只是為了攻擊精靈而派出的棋子——

「……！」

燎子自知即將受到魔力砲直接攻擊，不禁僵住身體。

然而——預想中的衝擊沒有襲來。

因為就在魔力砲快要灼燒燎子背部的前一刻——

「〈封解主〉——【開(Rataibu)】。」

突然出現一名少女，轉動有如巨大鑰匙的錫杖，立刻開了一個大「洞孔」，將逼近而來的魔力砲吸了進去。

下一瞬間，發射魔力砲的那名巫師背後冒出了一樣的「洞孔」，剛才吸收的魔力砲能量從中迸發而出。

『什麼……！』

巫師愛琳．佛克斯留下錯愕聲，承受自己發出的砲擊後便癱軟無力地墜向地面。

「咦……？」

燎子瞪大雙眼，望向出現在眼前的少女。

一頭金色長髮，手持鑰匙天使。是燎子初次見到的生面孔，但她身上閃耀的衣著無疑是精靈的靈裝。

「——唔嗯。服裝與其他惡徒有所不同呢。莫非爾等便是折紙提過的『AST』嗎？」

「是的，沒錯……」

——精靈出手相救？

面對出乎意料的事態，燎子怔怔地回答後，跨坐巨兔的〈隱居者〉便衝破冷氣之牆，現身在眼前。

「事情的原委我已經聽折紙說了……請妳們遠離戰場。」

「沒錯、沒錯。要是妳們太多管閒事，平常個性溫厚的四糸奈也會生氣的喲～～！』

「唔……妳、妳這是在說什……」

「唔嗯，四糸乃、四糸奈，我們走吧。」

「好的……！」

「OK～～！」

正當燎子還感到一頭霧水時，精靈們便互相點了點頭，奔向天空。

於是，四周暫時陷入一片沉默。燎子和其他AST隊員對於剛才發生的事都一臉茫然，難以理解的樣子。

『……！隊、隊長，妳還好嗎！有沒有受傷？』

數秒後，美紀惠像是突然回過神般大聲詢問。燎子聽了反射性地微微顫了一下肩膀。

「嗯，我、我沒事。沒問題……多虧精靈的幫助。」

『…………』

燎子說完後，所有隊員再次沉默不語。看來剛才的事情果然不是燎子眼花看錯或產生幻覺。

她用力抓了抓頭。

燎子一隊應ＤＥＭ的要求而來，結果差點被ＤＥＭ的巫師當成棄子，偏偏又被本應是攻擊目標的精靈出手相助。

（——精靈是只懂破壞的生物，這個資訊本身可說是ＤＥＭ故意灌輸的想法。我們打從一開始就只是被ＤＥＭ玩弄於股掌之間。）

燎子憶起折紙兩天前說過的話。理性與感情在腦袋裡互相拉扯。

這也難怪。畢竟燎子與ＡＳＴ過去一直是為了世界、為了人類而對抗精靈。儘管多次負傷，置身險境，她依然引以為傲，生活至今，怎麼可能如此輕易否定自己過去的經歷？

不過，眼前顯示的狀況以及過去對ＤＥＭ不斷加深的疑慮，擊退燎子心中蘊藏的恐懼。

「————！」

「叩！」的一聲，燎子用額頭撞擊手上的雷射加農砲。看見隊長突如其來的舉動，隊員們紛紛吃驚得瞪大雙眼。

「……………妳們。」

換算成時間，頂多十幾秒。

不過，燎子是經過人生中最濃縮的深思熟慮後才開口的。

「……準備好另謀高就吧。」

『…………！』

隊員給予的回應是困惑與訝異——

以及凌駕其上的激昂與振奮。

◇

「呼——！」

折紙在〈拉塔托斯克〉製造的CR-Unit〈布倫希爾德(Brynhildr)〉外顯示限定靈裝，吐了一口短氣的同時，讓眼球在眼窩中轉一圈，捕捉周圍的敵人。

於是，飄浮在折紙四周的無數「羽毛」配合她的動作，以風馳電掣般的速度奔向空中，從尖端發射光線。

光之天使〈滅絕天使〉(Metatron)。所有受到攻擊的〈幻獸・邦德思基〉頭部全被射穿，墜向地面。

然而，無論打倒、摧毀多少架，〈幻獸・邦德思基〉依舊不斷湧出。即使單獨一架不足為懼，龐大數量蜂擁而來仍會造成威脅。

「——嘖，怎麼打都打不完。」

身穿黑色CR-Unit的少女如此說道，同時飛向折紙的背後。她是真那，和折紙一樣在掃蕩後方的〈幻獸・邦德思基〉。

「果然還是必須斬斷根源。」

「我知道。」

折紙微微點頭回答後，後方又響起了其他聲音。

「——折紙！真那！」

「唔嗯，讓妳們久候了。」

乘坐冰之天使〈冰結傀儡〉(Zadkiel)的四糸乃，與手持鑰匙天使〈封解主〉的六喰一邊說一邊趕來。

「妳們動作真慢，害我擔心妳們是不是發生了什麼事情。」

真那望向她們說完，四糸乃便一臉抱歉地低下頭。

「不、不好意思……」

「在爾等之舊友身上花費了些許時間。」

六喰如此說完，真那便像是洞察一切般搔了搔臉頰。

「啊……原來如此。她們還是來了啊。」

真那瞥了折紙一眼。

折紙低垂視線表示回應後，又像是重新振作似的開口：

「——總之，這下人員就到齊了。開始作戰。」

沒錯。為了雙管齊下，有效率地進行作戰，折紙等人將幾名人員組成一隊。

現在聚集在一起的折紙、真那、四糸乃、六喰是捕捉阿爾緹米希亞小組。

目的是盡快解決阿爾緹米希亞，護送到〈佛拉克西納斯〉上，以她的腦波數據來停止〈幻獸・邦德思基〉的運作。

〈佛拉克西納斯〉上有琴里觀察全體戰況，下達指示；二亞輔助分析。

她們身旁有美九利用天使〈破軍歌姬(Gabriel)〉的演奏，以及七罪利用〈贗造魔女(Haniel)〉仿照〈破軍歌姬〉，提升所有人的戰力。

十香和八舞姊妹這一組則是專門對付〈妮貝可〉——

「——！折紙！」

剎那間，真那的聲音震動鼓膜。

「……！」

折紙聽見後，反射性地舉起手。

於是下一瞬間，折紙手持的光槍〈恩赫里亞〉受到強烈的衝擊。

因為有一名巫師從天空超高速飛來，揮舞光劍斬向折紙。

沉重的壓力傳到手臂。以濃密的魔力產生的隨意領域刺痛肌膚。速度之快，連折紙也是在她逼近身邊時才察覺。

兼具上述所有條件的巫師，就連DEM也絕無僅有。除了第二執行部部長艾蓮・梅瑟斯之外，就是——

「阿爾緹米希亞……！」

折紙呼喚這個名字，同時揮舞長槍後，釋放劍擊的巫師——阿爾緹米希亞・阿休克羅夫特便乘勢旋轉身體，拉開與折紙的距離。

「——嗨，好久不見。上次見面是在外太空吧。」

阿爾緹米希亞以一副偶然遇見朋友的態度說道。折紙保持警戒地舉起〈恩赫里亞〉。真那、四糸乃、六喰三人雖然因為目標出乎意料登場而感到驚訝，也依然不忘採取備戰姿態。

不過，阿爾緹米希亞即使面對四人，仍舊一派輕鬆地繼續說：

「鳶一折紙——我沒叫錯吧。我稍微調查了一下妳的事情，還是對妳沒有印象，但心裡就是有疙瘩。我們該不會在哪裡見過面吧？」

說完，阿爾緹米希亞做出可愛的動作歪了歪頭。折紙直勾勾地盯著她回答：

「……DEM Industry消除了妳部分的記憶。我們可能有辦法讓妳恢復記憶。」

「——咦？」

折紙直言不諱地說完，阿爾緹米希亞便深感意外似的雙眼圓睜。

「咦咦……妳的意思是，威斯考特先生和艾蓮在騙我嗎？」

「沒錯。」

「嗯——……」

折紙簡短回答後，阿爾緹米希亞思考了數秒，「呼」地吐了一口氣。

「抱歉啊，我無法相信——因為妳們是精靈啊。」

說時遲，那時快，阿爾緹米希亞的身影瞬間膨脹。

以隨意領域彈出身體，毫無任何預備動作便直逼折紙。

「……！」

折紙立刻舉起光槍。沉重的衝擊。以濃密魔力產生的光刃互擊，空中濺起夢幻般的火花。

不過，折紙並不感到吃驚或失望。她本來就不認為記憶遭到消除的人會相信自己的說辭。更何況，她原本就考慮到有必要交手，才選擇這些人員編成一隊。

但是，事情並不會照自己所期望的順利發展也是戰場上的宿命。因為在阿爾緹米希亞突擊而來的同時，背後的〈幻獸・邦德思基〉和DEM的巫師大舉近逼，撲向打算攻擊阿爾緹米希亞的真那、四糸乃和六喰。

「嘖——！」

「四糸奈……！」

「交給我～～！壞孩子可是要被冰起來的喲～～！」

「唔嗯……！」

三人與一隻分散開來，一邊躲避如雨傾注而下的魔力砲和導彈，一邊擊落敵人。

折紙微微皺起眉頭，操作飛舞空中的〈滅絕天使〉，從四面八方對阿爾緹米希亞發射砲擊。

然而，阿爾緹米希亞凝聚包覆身體的隨意領域，以它的表面錯開光線的方向，避開攻擊。

太過精湛的技術。只要隨意領域的強度與角度有一絲錯誤，就有可能受重傷。

折紙在心中讚賞她的本領，同時以迅雷不及掩耳的速度不斷刺出吸收四散周圍的魔力和靈力的〈恩赫里亞〉。

「喝啊——！」

「看我的！」

阿爾緹米希亞準確地擋下猛烈攻來的刺擊後，趁機抬腳往上踢。

折紙用腳底頂住對方的腳，擋下攻擊。但是注意力分散了一下，阿爾緹米希亞趁機從上方揮劍而下。

折紙好不容易揮舞光槍彈開那一擊。

「——————」

不對勁。感觸太輕了。

下一瞬間，阿爾緹米希亞放開劍柄，五指伸直併攏，以猛烈的速度貫穿折紙的隨意領域。

「咻——！」

「唔……！」

身體來不及反應。折紙操控飛舞天空的〈滅絕天使〉，朝自己發射光線。

一條光線比阿爾緹米希亞的貫手早一步擊中折紙的肩膀，猛烈的衝擊撼動隨意領域，折紙的身體失去平衡。阿爾緹米希亞原本準確瞄準折紙臉部的一擊，掠過折紙的臉頰。

「喝啊！」

折紙踹向貼近自己的阿爾緹米希亞的腹部，拉開距離。

阿爾緹米希亞順勢飛往後方，接著擴大隨意領域的範圍，將拋在空中的光劍收回自己手中。

「真有一套。剛才那一招我深感佩服。」

「…………」

阿爾緹米希亞直率的讚賞令折紙表情有些難看。
——果然很強。
要活捉對象，難度遠比殺害來得高。要折紙一人捕捉阿爾緹米希亞，可說是極為困難。只能想辦法維持勢均力敵的狀態，等待真那、四糸乃以及六喰甩開其他敵人了。
一秒。只要一秒就好。只要能從阿爾緹米希亞身上爭取到一秒的時間——
『——小折折！』
就在折紙思考著這種事情的時候，通訊器傳來位於〈佛拉克西納斯〉的二亞的聲音。
『情況有點不妙，好像有強烈的反應正在逼近妳們。這反應是……艾蓮。』
「…………！」
震動鼓膜的絕望消息令折紙倒抽了一口氣。

分散於天宮市上空的五艘〈拉塔托斯克〉空中艦艇。
其中一艘〈烏魯姆斯〉是〈佛拉克西納斯〉的姊妹艦。圓桌會議議長艾略特・伍德曼正在〈烏魯姆斯〉的艦橋上望著螢幕，吐出細長的嘆息。
「來了啊——艾蓮。正確的判斷。看來有所成長呢。」

然後看著雷達的反應，感慨萬千地如此說道。

沒錯。因為顯示為艾蓮·梅瑟斯的反應正筆直朝阿爾緹米希亞與折紙以及其他精靈交戰的地方前進。

不知是從這邊的陣形嗅出什麼端倪，還是她那邊也有什麼戰略，這種狀態實在非常緊急。

敵人是前ＳＳＳ王牌阿爾緹米希亞·阿休克羅夫特，加上無數的巫師、〈幻獸·邦德思基〉與〈妮貝可〉。

勉強維持旗鼓相當的戰場，又注入艾蓮這一劑猛毒，下場無非是精靈戰死。

但是，己方能做的事有限，雙方的空中艦艇也正在交戰。原本就在數量上居下風的〈拉塔托斯克〉不可能支派增援，況且就算人員充裕，〈拉塔托斯克〉內——不對，這個世界根本沒有人能阻止那個艾蓮。

——除了一個人。

「嘉蓮。」

「……………」

伍德曼呼喚其名，站在他身邊的嘉蓮微微抖了一下肩膀。

「接下來就拜託妳了。」

「……………是。」

嘉蓮有違她冷靜沉著的個性遲疑了片刻後，語氣沉重地如此回答。

不過，這或許也無可厚非。

因為她以及這艘艦艇的船員們都十分清楚伍德曼這句話背後的含意。

嘉蓮輕聲嘆息，繞到伍德曼的背後，慢慢改變輪椅的方向並說：

「艾略特，我可以說一個笑話來緩和氣氛嗎？」

「哦，妳嗎？真難得。那我可得洗耳恭聽了。」

伍德曼說完，嘉蓮依舊語氣平板地繼續說：

「——我們逃吧，艾略特。捨棄精靈、〈拉塔托斯克〉，拋下一切。然後在恬靜的鄉下買間房子，安安穩穩地過日子吧。山間——有花田的地方就很棒。」

「…………」

「我想要三個以上的小孩，不問性別。不管是男是女，只要是你和我的孩子，肯定都很優秀。然後熱熱鬧鬧，有些吵嚷地生活下去吧。累積小小的幸福，一起慢慢變老。然後將來蒙主寵召時——請在我的腿上安眠。」

「……嘉蓮。」

伍德曼輕聲說著，撫上她推輪椅的手背。

仔細聆聽的話，還能聽見艦長席與艦橋下方傳來船員們微微吸鼻涕的聲音。

不過，嘉蓮本人卻面不改色地接著說：

「不用勉強，笑出來沒關係。這是我用盡心思想出來的笑話。」

「是啊……妳有當諧星的天賦。」

「謝謝。」

嘉蓮簡短回答後，直接將伍德曼的輪椅推到傳送裝置上。

「嘉蓮。」

「是。」

「抱歉了。」

「我就是喜歡你這種個性。」

「……哈哈。」

伍德曼輕聲笑道，從懷裡拿出金光閃閃的軍牌──緊急著裝隨身裝置。

「與阿爾緹米希亞交手的──是鳶一折紙嗎？哼，正好。我就來報上次妳讓我負傷的仇。」

艾蓮身穿白金色CR-Unit〈潘德拉剛(Pendragon)〉，高速筆直地在陷入一片混戰的天空前進。

周圍無數火花四濺，爆炸聲不絕於耳，但艾蓮現在的目的只有五河士道的首級。她以隨意領域隨便彈開偶爾飛來的不知是敵是友發出的砲擊，同時提升推進器的輸出功率。

話雖如此，想必〈拉塔托斯克〉這方也十分清楚艾蓮等人的目的吧。士道本人肯定躲在其中一艘空中艦艇內受到庇護。

如此一來，下一個優先目標便落在精靈頭上。空中可看見三群精靈。

一群是占領〈佛拉克西納斯〉前方的〈歌姬(Diva)〉與〈魔女(Witch)〉。

一群是前往〈妮貝可〉密集地的〈公主〉與〈狂戰士(Berserker)〉。

最後一群則是與阿爾緹米希亞交戰的〈天使(Angel)〉、〈隱居者〉、〈黃道帶(Zodiac)〉，以及叛徒崇宮真那。

艾蓮選擇最後一群的理由非常單純。

畢竟敵人數量眾多。而〈妮貝可〉與阿爾緹米希亞兩者之中，她判斷趕去支持後者所受的精神壓力應該較小。

「正巧真那也在。一起收拾掉——」

就在這時——

艾蓮止住了話語，試圖達到亞音速的身體緊急煞車，停在原處。若是沒有用隨意領域保護，身體可能會四分五裂的衝擊將侵襲全身。

下一瞬間，閃閃發光的魔力之刃掠過艾蓮的眼前。

「什麼——！」

艾蓮不禁瞪大雙眼，隨後立刻揮舞手上的光劍〈王者之劍（Caledfwlch）〉。

於是，偷襲艾蓮的當事者輕巧地一個翻身，擋住艾蓮的去路，直挺挺地停在空中。

「——你是誰？」

艾蓮將劍尖指向那個人，表情染上警戒之色。

沒有靈波反應，是巫師。不過，折紙跟真那應該在阿爾緹米希亞那裡才對。除了她們以外，〈拉塔托斯克〉沒有其他巫師能在艾蓮飛行時如此巧妙地攻其不備。

「…………」

那名巫師將手上如長槍的Unit扛在肩上。

原本因為逆光而難以看清的面容變得一清二楚。

「……什麼——！」

艾蓮看見那副面容後屏住了呼吸。

那是一名年輕男子，陽光般明亮的金髮是他的特徵。

他身上宛如盔甲的CR-Unit也閃耀著金色光芒。全身散發出的魔力，以及周圍展開的隨意領域，顯示出他非比尋常的實力。

不過，那種事對艾蓮來說根本無關緊要。

「啊……啊————！」

他那自信滿滿的雙眸、英挺的眉形、精悍的五官——

全都刺痛了艾蓮的內心與記憶。

男人刻意抬起下巴，開口說了：

「——嗨，好久不見啦，艾蓮。

『在沒有我的世界稱王稱霸，開心嗎』？」

——怦通。

艾蓮的心臟鼓動了一下。

然後在體內翻騰的情感通過喉嚨顯現於外。

「……艾略——特————！」

沒錯。他正是艾略特。艾略特·鮑德溫·伍德曼。

過去與艾蓮和威斯考特共同創立ＤＥＭ，發誓改造世界的同志——也是不可饒恕的背信者。

那名男子如今正以顛峰時期的姿態站在艾蓮面前。

「妳還是一樣愛裝年輕呢——不過，現在的我也沒資格說妳就是了。」

「啊啊啊啊啊啊啊——————！」

艾蓮不顧形象地大喊，舉起〈王者之劍〉衝向艾略特。

那聲吶喊包含了怨恨、憎惡、憤怒——

以及本人也沒察覺的些許歡喜之意。

◇

「唉～～好無聊喔～～」

「對啊～～其他的『我』正在跟〈夢魘〉交戰，人家也想做更出風頭的工作。」

「就是說呀。一定是艾蓮在搞鬼，對父親大人灌了什麼迷湯，要他冷落我。」

「沒錯、沒錯。都是艾蓮在攪局。」

〈妮貝可〉們嘰嘰喳喳地交談，同時成群結黨朝地面降落。

目的是破壞分散在天宮市內的魔力砲臺。

眼下可見斷斷續續從頂樓發射砲擊的住商大樓和住家，那幅光景感覺十分超脫現實。澡堂的長煙囪化為高射砲這類的畫面，根本只存在於搞笑短劇中。

話雖如此，總不能因為外觀逗趣就放著不管。若是以強力的恆常隨意領域護身的空中艦艇倒

也就罷了，但是像〈幻獸．邦德思基〉遭到魔力砲的砲擊洗禮，可就束手無策了。

雖說是能再三補充的機器人，但並非取之不盡，也需要花費金錢。若是能降低損失，自然是再好不過。

然而，砲臺也受到隨意領域保護，從上空轟炸只能破壞周邊的街景而已。因此才將這個任務交由數量與統率力出色的〈妮貝可〉群來負責。

「好了，別發牢騷了。這也是為了父親大人啊。」

「我們也快點解決，一起去玩吧。」

「好～～」

「我問妳喔，妳想跟誰玩？」

「這個嘛，應該是我們的力量根源〈修女(Sister)〉吧。畢竟是我的原型嘛，一定是個大美人吧。」

「就是說呀。肯定是嫻淑高雅、身材姣好，無可挑剔的完美超人。」

〈妮貝可〉宛如一群女高中生，嘻嘻哈哈地聊著天。

結果，「噠噠噠噠噠噠！」有好幾發帶有魔力的子彈射向〈妮貝可〉集團。

「呀！」

「痛死人了啦～～！」

數名〈妮貝可〉發出毫無緊張感的慘叫，頭部、身體碎裂。

其餘的〈妮貝可〉望向子彈的來源，發現有數名〈拉塔托斯克〉的巫師飄浮在砲臺四周。看來剛才是他們攻擊〈妮貝可〉集團。

「看你們幹的好事～～！」

「我絕不輕饒～～！」

〈妮貝可〉立刻復原損傷的頭部和軀體，大聲怒吼。

「什麼……！」

可能是被這幅情景嚇到了，巫師們臉色蒼白地連續發射魔力彈。

「哼——」

被摧毀一兩具身體也不會造成太大損失，但還是會感到疼痛。〈妮貝可〉集團一齊舉起手。

「〈神蝕篇帙・頁(Yeled)〉。」

接著異口同聲高喊其名。

於是，〈妮貝可〉手上的紙應聲飛舞空中，化為防護牆擋下魔力彈。

「怎麼會……！」

巫師慌亂不已的聲音響徹四周。

不過，還不只如此。其餘幾張紙在空中自動折疊，立刻變形成紙飛機，以子彈般的速度飛向那群巫師。

「唔嘎……！」

「唔——！」

紙飛機輕而易舉地穿過巫師們的隨意領域，貫穿他們的肩膀、雙腳後，飛向天空。接著描繪出く字型的曲線，回到〈妮貝可〉手中。

「呀哈哈哈！弱爆了～～！」

「〈拉塔托斯克〉不是精靈的夥伴嗎？我好歹也算是精靈耶～～」

「啊，所以才受到報應了吧？」

「原來如此，呀哈哈！」

〈妮貝可〉哈哈大笑後再次舉起手，將紙飛機的前端朝向那群巫師。

「唔……」

「再見啦～～」

不過，就在〈妮貝可〉正要射出紙飛機的下一瞬間，後方颳起一陣狂風，吹飛了〈神蝕篇帙・頁〉。

「呀！」

「這、這是怎麼回事？」

〈妮貝可〉按住頭髮與裙子，轉頭望向後方。

便看見一名身穿限定靈裝的少女高舉大劍，砍向〈妮貝可〉——是精靈十香。

「喝啊啊啊啊！」

「呀啊！」

〈妮貝可〉在千鈞一髮之際朝左右散開才躲開那一擊。精靈八舞姊妹緊接著從十香背後冒出來，兩人身穿分別在左右肩為羽毛的靈裝，對那群守護地上砲臺的〈拉塔托斯克〉巫師說：

「這裡交給吾等便可！」

「退避。請退下。」

「……！抱、抱歉了……！」

那群巫師按著被〈神蝕篇帙‧頁〉貫穿的肩膀，退向後方。耶俱矢、夕弦用餘光確認巫師們退開的同時，站到十香兩邊，不敢大意地瞪著〈妮貝可〉。

三名精靈。〈妮貝可〉見狀，吃驚得瞪大雙眼後揚起嘴角。

「呀哈哈，真的假的？」

「〈公主〉加上〈狂戰士〉？武鬥派全聚齊了啊。」

「本來還以為破壞砲臺沒搞頭，妳們很機靈嘛。」

〈妮貝可〉各自發表完意見後舉起手，將隨風飛舞的〈神蝕篇帙‧頁〉召回手邊。於是，折成紙飛機形狀的頁面變回一張紙，再次折成其他形狀。

——紙鶴。而且是呈現串連好幾隻，宛如千紙鶴的模樣。

「呵呵，要是妳以為還能像剛才那樣用風吹走，可是會吃苦頭的喲。」

「疏忽大意的話，可是會全身都是洞喔。」

「好了，妳們能在那之前砍下我的頭嗎？」

「我覺得那根本就沒有意義。」

「我一即是全，全即是一。」

「不管妳們殺了幾人，只要有〈神蝕篇帙〉，我就永遠不會死。」

「呀哈哈，妳們要如何殺死不死之女？」

〈妮貝可〉露出從容不迫的笑容，舉起紙鶴。

然而，十香與八舞姊妹只是充滿戒備地瞪著〈妮貝可〉，沒有打算主動攻擊。

「……？」

本以為她們是在等待時機成熟或在思考殺死〈妮貝可〉的方式，然而——並非如此。她們的眼神看不見任何迷惘。

她們輕聲——卻強勁地說：

「〈妮貝可〉，抱歉，妳們的對手不是我們。」

「呵呵，沒錯。汝等有更適合的對手。」

「首肯。夕弦我們不過是他的護衛罷了。」

「……什麼？」

所有〈妮貝可〉個體同時皺起眉頭。

在〈拉塔托斯克〉擁有的戰力之中，精靈應該是實力最強的。如果有人可以取代她們，恐怕也只有前亞德普斯2號的崇宮真那一人吧。

不過，就算那名巫師現身於此，狀況也不會有戲劇性的改變。畢竟無論殺多少次、多少名〈妮貝可〉也——

「…………咦？」

〈妮貝可〉思考到這裡時，突然發出錯愕聲。

因為她目睹一名人物穿過沙塵，從十香等人的後方走來。

——那是一名青少年。

穠纖合度的身材、中性的面孔。既沒有穿著靈裝，也沒有裝備CR-Unit。

只是個高中生。

「五河……士道？」

〈妮貝可〉呆愣地瞪大雙眼，吐出這個名字。

沒錯。走在因來自上空的轟炸而化為瓦礫山的街道上過來的，正是〈妮貝可〉集團的目標五河士道本人。

只要威斯考特一死，就是DEM敗北。

相反的，若是五河士道死亡，則是〈拉塔托斯克〉戰敗。

雖然並無明文規定，但雙方應該都心裡有數。

因此〈妮貝可〉也以為士道躲在堅固的空中艦艇內，深信不疑。至少壓根兒就沒想到他會如此毫無防備地踏上最前線。〈妮貝可〉驚愕得暫時靜止不動。

不過，這樣的破綻也僅維持片刻。〈妮貝可〉訝異的表情轉換成狂妄的笑容後，瞪著走向自己的士道。

「哦……我是不知道你在打什麼算盤啦，不過你膽子可真肥呢。」

「你就是我的對手？呀哈哈，未免太瞧不起人了吧？」

「反正無論如何，這份大禮正好可以獻給父親大人——呢！」

〈妮貝可〉高舉起手，對士道發射化為千紙鶴的〈神蝕篇帙．頁〉。

「呼——！」

不過，十香與八舞姊妹將士道護在中間，四處飛翔，擊開好幾隻紙鶴。

但她們的行動全在〈妮貝可〉的預料之中。

〈妮貝可〉的優勢並非強悍的「個體之力」，而是能讓一切都化為不痛不癢的「數量之力」。〈妮貝可〉派出約三十具軀體對付精靈，其餘人馬則飛向士道。
「呀哈哈哈哈哈哈哈哈——！」
一名〈妮貝可〉放聲大笑，逼近士道。
十香等人在遙遠的背後，就算是精靈也來不及援救。
〈妮貝可〉五指伸直併攏，企圖貫穿士道的心臟。
然而——
「〈妮貝可〉。」
下一瞬間，始終保持沉默的士道突然發出溫柔的嗓音。
「——『我愛妳』。」
「…………啥？」
聽見這大為出乎意料的話，〈妮貝可〉瞬間雙眼瞪得跟牛眼一樣。
但是，這不過是士道怪異舉止的序章罷了。
士道在〈妮貝可〉露出一剎那的破綻時，用手摟住她的脖子——
「——」
直接將她拉到身邊，將自己的脣瓣疊上她的脣。
「…………！」

這突如其來的動作令〈妮貝可〉滿頭問號。簡直莫名其妙。是因為大限將至，失去了判斷力嗎？但態度倒是很篤定。話說回來，既然如此，何必上戰場？這就是敵人的祕計？太扯了吧。不死的〈妮貝可〉怎麼可能因為這種招式就——

「嗯……咦……？」

〈妮貝可〉覺得不對勁，有種身體融化的錯覺。無法維持姿勢，臉好燙，好熾熱。思緒混成一團。但不知為何，感覺好舒服——

——〈妮貝可〉的身體發出淡淡光芒，隨後瓦解消散，一張紙逐漸飄落地面。

那張紙在觸碰地面的瞬間也化為光粒，消融在空氣中。

「什麼……！」

「這是——怎麼回事……！」

在旁目睹這幅光景的個體瞪大雙眼，發出顫抖的聲音。

接著，連那名個體也感受到心臟的異常悸動，隨後湧起一股宛如腦內啡分泌的興奮快感——

像剛才那名個體一樣，在心蕩神馳的情緒中化為光消散空中。

◇

「……接、接吻！吻〈妮貝可〉嗎……！」

在〈拉塔托斯克〉與ＤＥＭ開戰前夕。

士道在〈佛拉克西納斯〉的艦橋聽完瑪莉亞告知對付〈妮貝可〉的方法後，一臉驚愕。

不，不只士道。就連位於周圍的精靈和船員們也露出和士道相似的表情。

但是，瑪莉亞讓螢幕閃閃爍爍，以無比冷靜的口吻繼續說：

『沒錯，就是接吻。雖說是擬似精靈，但〈妮貝可〉也跟精靈沒什麼兩樣。事實上，從她身上偵測到的不是魔力，而是靈力。既然如此，必定能用士道的能力封印。』

「等、等一下。就算妳說的沒錯好了，但封印精靈需要好感度吧。如果不是在對方敞開心房的狀態下，親吻再多次也沒用……」

士道臉頰流下汗水如此說道。

沒錯。以前琴里和令音強調過好幾次這件事。就算能趁機親吻〈妮貝可〉，對方可是ＤＥＭ製造出來的精靈，對士道抱有明確的敵意與殺意，要取他的性命，怎麼可能封印她的靈力？

但也沒有閒暇悠悠哉哉地提升〈妮貝可〉的好感度。瑪莉亞的提議無非是紙上談兵。

不過，瑪莉亞像是覺得士道說的話也不無道理似的嘆了一口氣（正確來說，是發出聽起來像嘆息的聲音），接著說：

『——你說的沒錯。不過，那指的是一般精靈的情況。』

「這、這話是什麼意思……？」

『請回想一下〈妮貝可〉的出處。她們是從哪裡誕生的？』

「從哪裡誕生……？」

士道一邊說一邊望向二亞，其他精靈也幾乎同時望向她。突然受到大家注目的二亞「嗯哼～～」一聲扭著身子。但沒有人理會她。

也就是說，〈妮貝可〉是根據〈神蝕篇帙〉的力量創造出來的精靈。而魔王〈神蝕篇帙〉原本是二亞擁有的書之天使〈囁告篇帙〉。

『沒錯。〈妮貝可〉的根源是〈神蝕篇帙〉。不過，她的靈魂結晶並非全是從二亞身上搶來的。』

「妳的意思是……」

琴里像是察覺到什麼似的抽動了一下眉毛。瑪莉亞回答：『沒錯。』

『二亞。妳對士道是什麼感覺？』

「咦？只要準備好印章，我隨時都有養他一輩子的意思喔。」

二亞儘管嚇了一跳，還是如此回答。於是，瑪莉亞有些不悅地乾咳了一聲，繼續說：

『雖然回答的方式令人有點氣憤，不過，事情就是這樣。』

「等一下，妳是說二亞的好感度關係到能否封印〈妮貝可〉嗎……？」

『恐怕是——說得通俗一點，就是口嫌體正直，超好上鉤。』

「…………」

這話真的說得很通俗，令士道等人聽了額頭直冒冷汗。

不過，若瑪莉亞說的沒錯，或許真的能解決強敵〈妮貝可〉。要是能打敗對手的主戰力〈幻獸·邦德思基〉和〈妮貝可〉，在數量上居下風的〈拉塔托斯克〉應該有勝算。

就在這時，琴里使勁搖了搖頭。

「就算瑪莉亞說的沒錯，還是太危險了。因為要親吻〈妮貝可〉，就代表身為敵人目標的士道必須踏上戰場吧？」

「唔——」

琴里說完，十香等人大概也理解到這一點了，個個面帶愁容。

依常識來思考，這個計策確實荒謬。因為這代表要將必須嚴密藏身的人物送上最前線。

「…………」

——不過，士道意志堅決。

「既然只有這個方法，那就這麼做吧。倒不如說……這種做法不是超符合我們的風格嗎？」

士道如此說完，以堅決的眼神望向所有人。

◇

——擁入懷中的少女身體隨著親吻的觸感化為光粒，逐漸消散。

「…………」

這種奇妙的感覺，令士道一時半刻佇立在原地。

不對，正確來說，並非如此而已。

附近的〈妮貝可〉群目睹士道與〈妮貝可〉接吻後，也跟著滿臉通紅，立刻按住胸口，扭著身子，逐漸消失。

為何會造成這種現象，士道已經事先聽瑪莉亞分析過了。

〈妮貝可〉是一即是全，全即是一的群體生命。

因此，「被親吻的個體」與「意識到自己被親吻的個體」可能產生同樣的效果。

這是無懈可擊的群體，不死軍隊〈妮貝可〉出乎意料的弱點。

這戰場上最脆弱的士道才是討伐最強軍團的唯一武器——！

「——好了，開始吧，〈妮貝可〉。我跟妳戰爭(DATE)的時間到了。」

士道平靜但強而有力地如此宣言後，勾了勾手指挑釁〈妮貝可〉。

「……！」

「少瞧不起——」

「人了——！」

僥倖免於被封印的〈妮貝可〉群表情染上憤怒，同時撲向士道。

【喝啊！】

士道將〈破軍歌姬〉的靈力灌注到自己的聲音後，身體便隨著裂帛般清厲的氣勢湧現力量。

雖說有辦法封印，但對手畢竟是精靈，雙方基礎的體能差距有如天壤之別。為了捕捉〈妮貝可〉迅速的動作，天使之力不可或缺。

「你這傢伙——！」

「受死吧——！」

〈妮貝可〉大喊，從四面八方同時進攻。

面對意想不到的事態，看似急躁卻又冷靜的應對。確實，士道的嘴唇只有一副，若是〈妮貝可〉從各個方位逼近，士道不可能同時對付她們。

不過——

「——〈冰結傀儡〉！〈贗造魔女〉！」

士道呼喚其名後，集結空氣中的水分，在自己背後形成三根巨大冰柱。

於是下一瞬間，士道利用〈贗造魔女〉的力量將冰柱變成自己的模樣。

「什麼……！」

面對突如其來的事態，逐漸逼近的〈妮貝可〉群大吃一驚。

換算成時間的話，恐怕不滿一秒吧。

不過，對利用〈破軍歌姬〉強化體能與反射神經的士道來說，已綽綽有餘。

「——嗯——」

「…………！」

士道逮住從前方逼近而來的〈妮貝可〉，奪取她的雙脣。

「唔……呀……」

接著，那名個體與目睹這幅光景的個體再次一起化為光粒。

「你這個人，到……到底是何方神聖啊————！」

位於遠方而逃過一劫的〈妮貝可〉發出哀號，同時散開。

這次她們不再衝向士道，而是猛然舉起手。於是飄浮在她們周圍的頁面捲成圓錐狀，將尖端朝向士道。

原來如此。既然是靠親吻來封印靈力，只要別接近士道就好。雖然單純卻不失為一計上策。

「不過——」

——既然能靠「意識到自己被親吻」而消失，搞不好……

士道抬起右手移到自己的嘴脣，朝正要發射圓錐的〈妮貝可〉集團做出快速彈開手的動作。

「嗯…………啾！」

沒錯。宛如——「把親吻送出去」一樣。

就是俗話說的「飛吻」。

「唔唔……！」

「啊嗚——！」

收到士道飛吻的〈妮貝可〉群羞紅著臉，按住胸口。

「——〈颶風騎士(Raphael)〉！」

士道趁機順著風瞬間逼近那群〈妮貝可〉，奪走她們的吻。

「啊嗯……！」

「啊呼——」

周圍的〈妮貝可〉留下如痴如醉的聲音，逐漸消失。

留在遠方的多名〈妮貝可〉害怕得發出「噫！」的叫聲。

「好了……接下來輪到誰了呢？」

「呀……呀啊啊啊啊！」

「父親大人——！」

〈妮貝可〉發出慘叫，東奔西竄。

不過，即使看起來像柔弱少女，〈妮貝可〉依然對其他巫師和精靈造成了威脅。士道覺得自己就像在欺凌女孩子，內心抱著罪惡感，但還是利用〈颶風騎士〉颳起一陣風。

「別想逃跑喲——小貓咪。」

——接著，掀起愛的暴風。

無論是四處逃竄的〈妮貝可〉、正面對抗的〈妮貝可〉，還是害怕得發抖，躲到瓦礫堆後的〈妮貝可〉。

士道一律對她們溫柔呢喃著甜言蜜語，吻上她們的脣。

那副模樣簡直就是天下無敵的精靈。

〈幻獸．邦德思基〉和其他巫師察覺異狀後，想從上空趕來救援，但無人能突破肩負保護士道這項重責大任的十香和八舞姊妹。

不久，飛來破壞地上砲臺的〈妮貝可〉，大半已化為光消散無蹤。

「呼——！」

不過，地上仍充滿無數的〈妮貝可〉。士道瞄準下一個戰場，朝遠處可見的〈妮貝可〉密集地帶奔去。

就在這時——

「士道！」

上空突然傳來十香的聲音。

下一瞬間，士道感覺背後出現某人的氣息。

「唔……！」

——難道是中了〈妮貝可〉的圈套，被趁機偷襲……！

思考與後悔都在轉瞬之間，士道立刻朝背後的氣息伸出手。

即使挨了一擊，只要不是當場死亡，就能利用〈灼爛殲鬼(Camael)〉的力量復原。既然如此，士道應該做的就是賭上性命奪取她的雙唇——！

——然而……

「咦？」

「……！」

下一瞬間，士道雙眼圓睜，停下動作。

理由很單純。因為原本以為是〈妮貝可〉而拉近身旁的人影——

「……哎呀、哎呀。士道，你還真是不害臊呢。」
居然是一名左右眼顏色不一，面露妖魅笑容的少女。

第五章　精靈的復活

「呼……！呼……！」

少年隱身在杳無人跡的巷弄中，肩膀激烈地上下晃動。

額頭冒出斗大的汗珠，用手按壓的手臂滲出鮮血。少年緊咬牙根忍住痛楚，背靠牆滑坐到地上。

「澪……妳、妳還好嗎？」

「嗯……別管我了，讓我看看你的手臂。」

少年詢問後，一起逃進巷弄的澪便面色凝重地將手擺在少年的手臂上方。

結果，被澪的手遮蓋住的部分發出淡淡的光芒，手臂的疼痛立刻逐漸消退。

「哇……這真是太神奇了。」

「我只是用靈力治癒傷口而已——話說……」

澪瞥了大街的方向一眼說道。

大街不斷傳來好幾道腳步聲與人聲，似乎在尋找少年與澪。

「……是啊。那些傢伙到底是什麼人啊？」

少年瞪著建築物空隙閃爍的人影，輕聲低喃。

沒錯。少年與澪正遭到神祕集團追趕。

兩人不明白為何會被追趕，也不知道他們的真實身分。不過是一如往常地走在街頭，就出現一群外國人突然衝了過來，宛如小成本動作片裡的一幕。

「…………」

澪抿起雙唇，不發一語。少年一臉疑惑地歪了頭。

「嗯？澪，妳怎麼了？」

「……那些人，大概是在追我。」

「咦？」

「最後面的那些人我有印象。就是我之前提過，我最初看見的那些人。」

澪眉頭深鎖，表情沉痛地繼續說下去。

「……對不起，都怪我把你牽連進來——快逃吧，接下來由我來……」

「才不要。」

少年打斷澪，上半身一擺，利用反作用力順勢站起來。

「咦——」

「當我向在爆炸地點中心的女孩攀談那一刻，就有自知之明可能會惹上麻煩了。再說——」

少年拉起澪的手，撇過頭掩飾自己泛紅的臉頰說：

「我們……是家人吧。」

「…………！」

澪的手像是感到震驚地顫了一下，然後用力回握士道的手。

不需言語，這就是最明確的回答。少年輕輕點點頭後，拉著澪的手邁開腳步。

「——總之，先報警吧。說有危險分子在追我們，要求保護。別小看法治國家……」

就在這時，少年停住了腳步。

理由很單純。因為他在巷弄裡走著走著，突然撞到了一個男人。

是個擁有一頭淡金色頭髮，五官精悍，身穿黑色衣服的歐美人。無庸置疑是正在追他們兩人的集團人員之一。

「……！退到後面去！」

澪挺身而出，將少年護在身後。

「澪！」

「別擔心，我不會殺了他……！」

澪說完狠瞪男子。

不過，這份緊張感並沒有持續太久——因為男子手扶額頭，嘆了一大口氣。

「……喂、喂，真的假的啊？為什麼偏偏跑到我這裡來啊？」

然後以流暢的國語如此說道。

「咦……？」

男人出乎意料的反應令少年與澪一陣目瞪口呆。此時，男人用沉著的嗓音接著說：

「…………你所謂的澪，是這女孩的名字嗎？」

「……沒錯，是我幫她取的。」

「這樣啊，這名字真好聽呢。」

男人如此說完，將視線移到澪身上。

「我問妳，妳現在——幸福嗎？」

「……我至少沒有被想傷害我的敵人追著跑還感到歡心喜悅的怪癖。」

「不，我不是這個意思……我是指，妳想跟那個少年在一起嗎？」

「…………」

澪滿懷戒備地凝視著男人，點頭稱是。

「這樣啊。」

男人嘆了一大口氣說完，豎起大拇指指向巷弄深處。

「——你們走吧。」

「……什麼？」

聽見意想不到的話語，少年瞪大雙眼。有一瞬間，他以為是男人為了讓自己和澪放鬆戒備而使出的花招，但男人身上沒有散發出一絲敵意。

「你、你這是什麼意思？」

「沒什麼意思啦。少廢話，快點走。要不然——」

「！找到了！在這裡！」

下一瞬間，大街的方向傳來這樣的吶喊聲，掩蓋過男人的聲音。三名追兵發出響亮的腳步聲奔跑而來。

「啊～～真是的。你看吧。」

男人反應誇張地聳了聳肩，將手放在額頭，露出銳利的視線，朝地面一蹬。

然後穿過少年與澪，用掌底撞擊逼近而來的追兵的心窩。

「嘎啊……！」

「伍德曼先生，您這是做什麼……！」

三名追兵發出痛苦的叫聲，趴倒在地。被稱為伍德曼的男人一臉嫌麻煩地搔了搔頭，再次用大拇指指向小巷子，催促少年與澪。

「……走吧。那女孩——澪就拜託你了，小伙子。」

「……！好、好的……！」

是起內鬨，還是倒戈——雖然不清楚他們的內情，但男人確實是出手相救沒錯。少年簡短回答後便拉起澪的手，邁步奔跑。

不過，不知道跑了多久，澪的手突然加重力道，冷不防地將少年拉向後方。

「嗚哇！」

猛然緊急剎車，少年踉蹌地晃了一下。

於是下一瞬間，「砰！」地響起乾脆輕響的同時，少年的正前方——也就是少年剛才所在的地方濺起火花。

「什麼……」

少年眉頭一皺，前方的巷弄便恰巧出現幾名持槍的追兵。

而一名特別醒目的男人——從最後方走了出來。

年齡頂多二十出頭吧，身材高挑，一頭黯淡的銀髮，鐵鏽色的雙眸深具特色。雖然表情與態度非常溫和，但似乎隱藏不住他身上散發出的異常氣息。

「——好久不見了，精靈。我很想妳呢。」

「………」

澪臭著一張臉。不過，男人滿不在乎地望向少年。

「那邊的少年是初次見面吧。謝謝你保護我們的精靈，由衷感謝。當然我們也準備了等值的謝禮來答謝你。」

男人淺淺一笑說道。聽見那宛如對待寵物的話語，少年不禁語氣粗暴地回答：

「開什麼玩——」

然而——

「——你的妹妹『在我手上』。讓我們彼此將她們歸回正確的地方吧。」

「什麼……！」

「……！」

男人緊接著說完後，少年與澪屏住了呼吸。

「你這傢伙！要是敢傷害真那(Mana)，我絕不放過你……！」

「哦？原來她叫Mana啊。哈哈，這可真有意思。難怪精靈會留在你們家。」

男人不明所以地笑道。

當然，擄走真那有可能是對方虛張聲勢。但是，憑他們的勢力與癲狂，實在難以斷定對方是在說謊。

澪大概是跟少年有同樣的想法，神情苦惱地向前踏出一步。

「……答應我，只要我跟你們走，就放真那回去。」
「嗯，那是當然。」
「澪！」
少年發出驚愕聲。不過，澪緩緩搖了搖頭。
「……沒關係。反正我本來就不是這個世界的人。不能因為我，害真那陷入危險。雖然短暫，能跟你在一起很幸福。」
「——……！」
少年的喉嚨發出不成句的聲音。澪溫柔地微笑後，走向那群男人。
不過——
「……麼玩笑啊……！」
少年振奮顫抖的身體，蹬向地面，衝向前抓住澪的手，然後拉著她拔腿就跑。
「！等一下！」
「這混帳——」
那群追兵發出慌張的聲音，開槍射擊。子彈擊中地面和牆壁，火花四射。
「！你做什麼——」
「笨蛋！妳以為那些人真的會遵守約定嗎！就算妳乖乖跟他們走，又怎麼能保證他們不會殺

了我跟真那！」

「……！我——」

「只要妳在我這裡，那些人就不會傷害真那！既然如此——這時就重整旗鼓，救回真那，妳也可以重獲自由，這樣是最好的結局吧！」

少年一邊奔跑一邊吶喊。澪一副恍然大悟的樣子瞪大雙眼。

「……！嗯……！」

然而——就在這一瞬間。

「——哎呀，真是傷腦筋啊。我本來沒打算違背誓言的。」

眼角餘光映出男人舉起大口徑手槍的身影——

一股灼熱的觸感侵襲少年的胸口。

「啊——？」

頓了一拍後，少年才明白自己中槍了。

劇痛。震動傳達全身，無法呼吸。雙腿無力地彎曲，頹倒在地。感覺像是慢慢地浸泡在一池溫水窪裡。

「——？——！」

澪在說話；在拚命吶喊。

可是不久後，連她的聲音也聽不見了。

◇

數不清多少次的劍光閃爍，在空中迸發魔力之光。

阿爾緹米希亞微微皺眉，擋開折紙不斷刺來的光槍。

「──果然很有能耐。」

「妳也不遑多讓啊。」

折紙回應阿爾緹米希亞的稱讚。

但是兩人的戰鬥能力絕非同一水平，根據過去交戰的經驗大概感受得出來。

折紙的實力的確非同小可。能在CR-Unit上搭配限定靈裝與天使，這世上恐怕只有她才有這個本事。

然而，即使展現如此本領，這場勝負還是阿爾緹米希亞占上風。若是折紙使出百分之百的精靈之力或許還另當別論，但遺憾的是，她目前處於靈力遭到封印的狀態，恐怕難以擊敗阿爾緹米希亞。

不過，理解這一點的想必不只阿爾緹米希亞一人。

折紙也明白現在的自己敵不過阿爾緹米希亞，所以她並非來殺死阿爾緹米希亞，而是故意拖延時間，打防禦戰吧。

沒錯──彷彿在等待什麼似的。

「…………」

阿爾緹米希亞觀察了一下周圍的狀況。

周圍能看見大量的〈幻獸‧邦德思基〉、DEM巫師，以及與其戰鬥的真那和精靈〈隱居者〉、〈黃道帶〉。在這場混戰之中，阿爾緹米希亞與折紙能處於一對一的狀態，無非是她們在四周牽制巫師。

──目的是將阿爾緹米希亞絆在這裡？不對，把敵方第二強的戰力鉗制住確實很重要，但只有以眾擊寡這一方這麼做才有意義。派出三名主力精靈和一名巫師來絆住阿爾緹米希亞一人，未免太事倍功半。

「妳們到底──有什麼目的？」

「…………」

阿爾緹米希亞稍微試探了一下，但折紙完全面不改色。

折紙的可怕之處反而在於她的狡猾，更勝於她單純的戰力。繼續跟她糾纏下去倒是不會輸，但阿爾緹米希亞想盡快分出勝負。

不過，為此她希望至少再增加一名人手。實力無法與折紙抗衡也沒關係，只要能堵住她的退路——

「——！」

阿爾緹米希亞在思考的途中抽動了一下眉毛。

因為投影在視網膜的感應器顯示出友軍的信號。

她一邊留意折紙的舉動，一邊望向感應器指示出的方向，便看見有幾名巫師擺脫附近的混戰，正朝這裡飛來。

從她們身上穿的CR-Unit判斷，應該不是DEM的巫師，而是請求支援的當地AST吧。雖然不指望她們有多大的戰力來對付精靈，但在需要支援的情況下正可說是求之不得。

「妳們來得正好。我是隸屬DEM Industry第二執行部的阿爾緹米希亞・阿休克羅夫特，代號是亞德普斯2號。正與精靈交手，請求支援。只要堵住敵人退路就好——接下來由我收拾。」

阿爾緹米希亞如此說完，打算往空中一蹬，飛向折紙。

然而——

「……抱歉，無法回應妳的期待。因為我們辭職了。」

下一瞬間，後方傳來這樣的聲音，隨後AST的隊員同時射擊。

——瞄準阿爾緹米希亞。

「什麼……！」

面對突如其來的事態，阿爾緹米希亞瞪大雙眼。

雷射加農砲直接擊中包覆阿爾緹米希亞的隨意領域，釋放出刺眼的光芒。

當然，平庸的巫師發射的砲擊並未讓阿爾緹米希亞堅固的隨意領域受損。但是，這出乎意料的攻擊讓她一瞬間分了心。

而那一瞬間，對敵對的敵人而言是比黃金還要寶貴的時間。

「——呼——！」

折紙趁阿爾緹米希亞分心時朝她逼近。吸收周圍四散的魔力，用帶有殲滅之力的光槍刺向阿爾緹米希亞。

「——！」

不過，阿爾緹米希亞——也不是省油的燈。

她立刻操作隨意領域，施加力量硬是扭曲自己的身體。肋骨發出啪嘰啪嘰的哀號，無疑是骨折了吧。

但是阿爾緹米希亞卻因此成功回避了折紙的一擊。不對——說是回避可能太偏袒她了。因為折紙的槍刃完全貫穿阿爾緹米希亞的隨意領域，深深劃破了她的側腹部。

不過，沒有傷到內臟。並非一擊戰敗的致命傷。阿爾緹米希亞舉起光劍〈阿隆戴特(Aroundight)〉斜砍折紙的身體。

「唔……！」

鮮血四濺空中，折紙發出痛苦的悶哼聲。阿爾緹米希亞滿臉大汗，逞強地將嘴脣彎成新月的形狀。

「平手——不對，是我贏了。」

於是，折紙難得地揚起嘴角。

「……才怪。是我——我們的勝利。」

瞬間——

「咦……？」

阿爾緹米希亞因為一股奇妙的感覺而發出詭異的音調。

眼角餘光能看見一個奇特的物體。

那是——鑰匙。

錫杖般的巨大鑰匙，它的前端部分從虛空中冒出，刺進阿爾緹米希亞的側頭部。

天使。鑰匙天使〈封解主〉。

折紙的遙遠後方能看見精靈〈黃道帶〉用鑰匙前端刺向虛空的身影。

阿爾緹米希亞這才恍然大悟。

折紙並非利用ＡＳＴ來分散自己的注意力，藉此取勝，而是連折紙本身都不過是誘餌罷了。

「〈封解主〉——【開】。」

冒出鑰匙的虛空彼方響起這道聲音的同時，鑰匙轉動——

「啊——」

阿爾緹米希亞的腦海宛如洪水潰堤，湧進大量資訊。

「……不愧是隊長，做出正確的判斷……感激不盡。」

「別鬧了啦。啊～～真是的，這下我們真的無法回頭了。再見了，我的公務員生活……」

折紙與ＡＳＴ隊員之間的對話微微震動著鼓膜。

阿爾緹米希亞聽著與戰場格格不入，毫無緊張感的對話——意識被排山倒海湧來的記憶浪潮淹沒。

◇

「——呵呵呵。士道，你打算維持這個姿勢到什麼時候呢？我是很樂意啦，可惜這裡是戰場上喲。」

「……！啊——」

聽狂三這麼一說，士道赫然抖了一下肩膀，放開手。
在戰亂之中以為是〈妮貝可〉而摟到懷裡，想不到竟然是她。
而且她背後還揹著〈刻刻帝〉的巨大錶盤——不是分身，而是真正的精靈時崎狂三。
「狂三，我——」
士道才剛開口……又立刻中斷。不，是想說但說不出話。
他早就知道狂三在這個戰場，遇見狂三後也有一大堆話想對她說。
然而——不對，正因如此，當他突然遇見狂三時才會有千言萬語湧上心頭，從口中說出去之前就哽在喉嚨。
「哎呀、哎呀。」
狂三見狀，妖魅地揚起嘴角，用手摟住士道的脖子，然後就這麼緊貼住他的身體。
「什麼——！」
雖然嚇了一跳，士道還是立刻恢復冷靜。
隨後聽見後腦杓響起刺耳的槍聲。
「呀哈……！」
疑似逼近士道後方的〈妮貝可〉發出逗趣的臨終叫聲，身體向後仰。看來是狂三用手上的槍射穿了她的額頭。

「小心駛得萬年船呀。」

「好，了解……狂三，謝謝妳救了我。妳是我的——救命恩人。」

「呵呵呵，你言重了。」

狂三打趣地說道。但是，這句話一點都不誇張。不僅如此，還不及士道心裡感激之情的百分之一。

「不是的，我指的不單是剛才的事。真的很感謝妳——過去一直在救我。我無論如何……都想當面向妳道謝。」

「…………」

士道說完，狂三沉默了片刻。不過，又立刻打起精神呵呵微笑。

「哎呀、哎呀，不客氣。那麼能否用你的靈力作為回報呢？」

「那又另當別論了！」

「呵呵呵，真是可惜呢。那麼，我再換個方式進攻……吧！」

士道與狂三互相大喊後，同時朝地面一蹬。

兩人並非鬧翻，而是各自去擊退逼近而來的〈妮貝可〉。

狂三連續發射影子子彈射穿〈妮貝可〉；士道則發送飛吻讓〈妮貝可〉卻步，再一把摟住，奪取她的吻。其他〈妮貝可〉見狀後羞紅臉頰，痛苦掙扎著消失。

「呵……啊哈哈，哈哈哈！那是什麼招式啊！」

看見士道擊退〈妮貝可〉的方法，狂三樂不可支地大笑。

「用那種手段來解決不斷復活的〈妮貝可〉……？呵呵呵，原來如此，我總算明白被敵人盯上的你為何會待在最前線了。一開始在戰場上看見你時，你那魯莽無比的舉動讓我恨不得想殺了你呢。」

「喂、喂……」

聽見狂三這番可怕的言論，士道露出苦笑，但他也不是不明白狂三的心情。感覺就像自己不惜做出各種犧牲來保護的人卻毫無防備地在地雷區奔跑。就算不是狂三，任誰都會湧現殺意吧。

不過，士道也是同樣的心情。

琴里提醒他先想著怎麼在這場戰爭中活下來。

告戒他即使遇見狂三也不要窮追不捨，免得賠了夫人又折兵。

但是，士道無法克制自己的情緒。他們在這場混戰之中奇蹟似的相遇，若是錯過這個機會，士道感覺自己會再也握不到狂三的手。

士道不斷擊退〈妮貝可〉，一邊扯開嗓子大喊：

「——狂三！我由衷感謝妳救了我！多虧了妳，其他精靈才沒有反轉！謝謝妳！……可是啊，因為DEM全體總動員要來殺我，就要我乖乖躲起來？我可沒那麼聽話！拿妳的命來換我的安全，我也完全開心不起來！」

「……哎呀？你還真是狂妄自大啊。我只是單純貪圖你的靈力罷了。還有，拿命交換？你也未免太小看我了吧。你以為我時崎狂三會敗給DEM這種貨色嗎？」

「……嗯！可是實際上妳正陷入苦戰吧？別逞強了！」

士道親吻〈妮貝可〉後大喊。「……你說什麼！」狂三一臉不悅，眼神凶狠。

「我才沒有在逞強！你只要老老實實地縮在艦中就行了！等一切結束後，再感激涕零地將靈力雙手奉上就好！」

「對我來說還不是死路一條！只是取我性命的人從DEM換成妳而已啊！」

「所以我不是說了嗎！我會用你的靈力讓一切重新來過！等你注意到時，已經是嶄新的世界了！沒有什麼精靈！只是回到安穩和平的世界！」

「歷史不是會自動修正嗎！妳以為會那麼輕易就如妳所願嗎！」

「實際上成功改變了歷史的人沒資格這麼說！」

「妳不說，我還忘記有這麼一回事了呢！可惡！」

被指出無法反駁的鐵證，士道發出哀號。

士道以前曾經借用狂三的天使〈刻刻帝〉的力量，成功改變了歷史。

「沒錯！『士道死亡』這件事本身將不存在於世上！這樣你還有什麼意見嗎！」

「當然有啊！」
「你到底哪裡不滿——」
「全部都重新來過……不就代表我跟妳相遇的事實也會消失嗎！」
「…………！」
士道大喊後，狂三便屏住呼吸。
「我喜歡妳！無法忍受認識妳的事實化為泡影！」
「這種時候，你……你是在亂說些什麼啊！腦袋撞壞了嗎！」
「才沒有！正常得很！話說狂三！妳不也愛我愛得要命嗎！」
「什麼……！」
聽見士道說的話，狂三瞪大雙眼。
「你胡說什麼……！不要隨便揣測別人的心情好嗎！」
「不，我沒有說錯！誰會為了不喜歡的人重返時光兩百多次啊！」
「我就說是為了你的靈力——」
「妳可別忘了我曾利用【十之彈】體驗過妳的記憶！」
「——」
狂三倒抽了一口氣。

沒錯。士道上次利用〈刻刻帝〉的【十之彈】得知了狂三的過去。

不過，當時流進士道腦海的並不只有狂三為何報仇的記憶。

還有對士道片斷——但真切的愛意。

少女那令人不禁面紅耳赤的熱烈情感如餘波般震盪士道的心。

「……，……！……」

狂三整張臉紅得像番茄似的，難受得扭著身子。片刻後才好不容易調整好呼吸，瞪向士道。

「……就算是好了，一邊親吻別的女生一邊對我說這種話，實在是太差勁了。」

「這我真的很抱歉！」

士道老實地賠罪，一邊與〈妮貝可〉熱烈地親吻。〈妮貝可〉雙腿胡亂擺動了一會兒後便發出「哈呀……」如痴如醉的聲音，化為光消失無蹤。

狂三用餘光看著這幅畫面，冷哼了一聲後，加重握槍把的力道，開口說了：

「所以呢——難道你要我放棄我的目的嗎？要我捨棄過去奪走的無數條生命嗎——要我對紗和見死不救嗎？」

狂三輕聲——但蘊含強烈的憤怒與怨恨如此說道。

「怎麼會？」士道搖頭否認。

「我不是說過，我體驗過妳的記憶，怎麼可能輕易地……要妳放棄。」

「……那你到底是什麼意思？反對我改變歷史，但也沒有打算要我放棄目的？這樣未免太矛盾了吧。」

「是啊……妳說的沒錯。連我自己都覺得毫無邏輯可言——不過！」

士道朝迎面而來的〈妮貝可〉發送飛吻，同時大喊：

「我不得不這麼說！為了實現妳和我雙方的願望！」

「咦……？」

「——不要『全部』！只修改錯誤的部分！取捨事情的發展，將歷史改寫成理想的狀態……！如果辦得到，妳覺得如何？」

士道像要喊破喉嚨般高聲吶喊。狂三皺起眉頭，一副聽不懂士道在說些什麼的樣子。

「你、你在說什麼啊……？我聽得一頭霧水。你是說，有辦法做到這種事嗎……？」

「不知道！」

「…………」

士道二話不說地回答，狂三便苦著一張臉。然而，士道還是一副理所當然的樣子接著說：

「那是當然的吧！我又沒試過！不過，應該值得一試吧！」

「……我就姑且聽你說說看吧。看你葫蘆裡究竟賣的是什麼藥，才能實現那種春秋大夢。」

「妳聽好了！先讓我封印妳的靈力！」

士道說完，狂三「唉！」地嘆了一口氣。

「浪費我的時間。不可能。沒得談——」

不過——

士道不予理會，繼續說：

「——然後讓我使用我的靈力，利用〈刻刻帝〉回到三十年前……！」

「……啥——」

聽見這句話——

狂三目瞪口呆。

「這是……什麼意思？這跟我自己行動有何差別——」

「有！妳只能阻止初始精靈的誕生！但我或許能封印初始精靈的力量……！」

「封印……！你說要封印初始精靈的力量……！」

大概是士道說的話太出人意料了，狂三發出平常難以想像的驚慌失措的聲音。士道立刻點頭回答：「沒錯！」

「就是這樣！那傢伙是精靈吧！那麼封印她就是我的職責！雖然不知道她擁有多麼強大的力量，但是我——會讓她迷戀上我！」

「…………！」

狂三呆若木雞，啞然無言。

士道趁勢繼續說服：

「然後！若是成功封印初始精靈，我會利用她的力量……改變歷史！『抹消』降臨到妳身上的不幸！以及妳在那之後踏上的浴血人生！再次——和妳相遇！不僅如此！其他精靈也一樣！我會對需要救贖的人伸出援手，消除無法挽回的錯誤，創造出完全符合我心意的歷史……！」

「你哪來的勝算！憑什麼……敢打包票——」

「我不是說我不知道是否能成功了嗎！可是，那個初始精靈是所有精靈的源頭吧！既然如此，肯定擁有能達成這種事情的龐大力量吧！況且——有一件事我敢確定！」

士道豎起大拇指指向自己的胸口。

「狂三，我把這句話原封不動地還給妳。

我可是——這世上唯一改寫過歷史的人耶！」

「——」

狂三啞然無言，目不轉睛地盯著士道。

就在這時，前方傳來哀號聲。

「混帳啊——！不准忽視我的存在，陷入兩人世界啦——！」

〈妮貝可〉大聲怒吼的同時，四周有好幾張書頁如暴風雪飛舞。

無數書頁集結到一名〈妮貝可〉身上，將她的身體包覆得密不透風，猶如鎧甲一般。

「〈神蝕篇帙．頁〉——【裝集篇】……！」

身穿紙鎧甲的〈妮貝可〉朝地面一蹬，以飛快的速度逼近狂三。士道與狂三赫然抖了一下肩膀，同時發射子彈與熱情的飛吻。

然而——

「哼！」

〈妮貝可〉彈開子彈，也不把士道的飛吻當一回事，奮勇前進。

這也難怪。畢竟纏繞〈妮貝可〉身體的紙鎧甲連她的眼周也完全覆蓋住了。

「……！」

兩人察覺到這一點時已經太遲，〈妮貝可〉早已逼近到以狂三的體能也無法閃避的位置。

「狂三——」

「嘖……！」

「呀哈哈哈哈哈哈！去、死、吧————！」

〈妮貝可〉將手臂的鎧甲變化成圓錐狀，瞄準狂三刺出右手。

——〈妮貝可〉鋒利的一擊以驚人的速度刺向胸前。

狂三以宛如慢動作播放的感覺凝視著這幅光景。

她並沒有利用〈刻刻帝〉加速自己的體能，也並非〈妮貝可〉的動作真的變慢。

只是集中注意力，有種度秒如年的錯覺。

據說所謂的走馬燈，是瀕臨死亡危險的大腦為了從以前的記憶和經驗中找出對策而拚命運轉造成的現象。

那麼狂三現在或許也近似於那樣的狀態吧。只有意識清晰，身體卻跟不上，只能迎接致命的一擊。

要在這個時間點完全回避〈妮貝可〉的攻擊實屬困難。只要不一擊就當場死亡，狂三還能發射【四之彈(Dalet)】。但不確定使出漂亮一擊的〈妮貝可〉會不會在分身趕來前又乘勝追擊。

失策。果然應該交給分身去戰鬥，讓真正的狂三躲在影子中嗎？不行——本來就已經屈於劣勢中的劣勢了，若是不利用〈刻刻帝〉來戰鬥，只是白白浪費兵力罷了。

不對，在討論這一點之前，還有更應該反省的事。

啊——沒錯。錯就錯在自己不該被士道的聲音分了心。

就算〈妮貝可〉的攻擊再怎麼快速，要是沒露出破綻，應該有時間裝填〈刻刻帝〉的子彈。

不過，那也無可厚非。

因為士道的話語、聲音就是如此——打動狂三的心。

幼稚無比，荒唐無稽的紙上談兵。

但狂三還是忍不住心想——

如果能夠實現，該有多棒啊。

如果能將自己寄託在那個夢想之中，該有多幸福啊。

若是自己就這麼踏上黃泉，至少必須將自己的靈力託付給士道再死——

「——『我』是這麼想的吧？」

就在這時——

在意識清晰的狀態下，宛如看穿狂三的心思，響起了這道聲音。

那一瞬間——

戴著眼罩的狂三分身從狂三的影子現身後，挺身接下〈妮貝可〉朝狂三刺來的一擊。

——不會有錯。正是當時狂三留她一命，重現五年前狂三姿態的分身。

狂三的視野綻放鮮血之花，〈妮貝可〉的手刺穿眼罩狂三的身體，露出手的前端。

「『我』……！」

狂三的身體反應這才終於追上她的意識。喉嚨發出驚愕聲。

不過，她立刻恢復冷靜。

因為被〈妮貝可〉貫穿身體的眼罩狂三瞥了狂三一眼——

「——欸……？我有派上用場……對吧？」

她如此說完，自豪地莞爾一笑。

「——是啊。雖然當時是出於情非得已，但還好有留妳一命。」

狂三立刻將【四之彈】裝進手槍後，越過眼罩狂三的肩膀射擊〈妮貝可〉。

濃縮影子般的子彈擊中包覆〈妮貝可〉全身的紙鎧甲。能讓時光倒流的【四之彈】將堅不可摧的鎧甲化為七零八落的紙張。

「噫——！」

身體突然被扒得精光的〈妮貝可〉屏住了呼吸。

於是下一瞬間，看似早已奔向狂三的士道一把摟住〈妮貝可〉的脖子，親吻她的嘴唇。

「不——嗯……！」

〈妮貝可〉留下甜美的聲音，化為光粒。士道見證這一刻後，立刻將視線移向狂三。

「狂三，妳沒事吧！」

「……我沒事。」

狂三如此回答後，望向渾身是血倒臥在地的眼罩狂三。士道可能也看見了這幅情景，只見他的表情染上悲痛之色。

不過，眼罩狂三一臉滿足地笑了笑。

「『我』，請老實地……面對……自己的心——」

她如此說完，沒入影子中。

「狂三，那個——」

「——別在意，是本來早就該死的『我』。雖然是個令人頭疼的分身，但在臨死之前終於派上了用場。」

「……！沒必要這麼說吧……」

說到這裡，士道止住了話語——肯定是看見了狂三抿起嘴脣的側臉吧。

「……！」

狂三別過頭一會兒，吐了一口氣打起精神，再次面向士道。

沒錯。狂三必須向士道問個清楚。

為了確認自己臨死的瞬間掠過腦海的想法是否真的正確。

為了確認自己是否真的可以聽從救了狂三一命的眼罩分身所說的話。

「——話說，士道，你剛才說的話到底有幾分認真？」

狂三凝視著士道如此詢問，士道便微微抽動了一下眉毛，回答：

「當然是——打從心底這麼說的。」

「…………」

士道以誠摯的視線回望狂三，如此回答。

——啊啊，討厭。真討厭。

他是由衷相信不知是否真的能實現的希望。

而且是在明白那個選擇將會充滿多少苦難與荊棘的情況下，真的打算去完成。

沒錯。士道所言句句屬實。

不論是對狂三所說的春秋大夢——

就連之前說出口的「我喜歡妳」這句話——肯定也絲毫不假。

「……啊啊，啊啊，真是太愚蠢了。」

狂三自嘲地嘆了一口氣，接著說：

「欸——士道，你還記得我們的『比賽』嗎？」

「咦？」

狂三說完，士道便瞪大雙眼回答：

「……誰先讓對方動心，就獲勝？」

「——呵呵。」

狂三突然莞爾一笑，接著說：

「等打完這一戰再說吧。若是擊退ＤＥＭ，讓士道脫離生命危險——把我這雙脣奉獻給你也無妨。」

士道雙眼圓睜，吃驚地問道。

「……！真的嗎，狂三……！」

狂三見狀，忍不住快要笑出來——剛才還耍帥耍得那麼徹底，怎麼不保持超脫的態度到最後，竟像個孩子一樣眼神閃閃發亮。

「……真的很可愛呢。」

「咦？」

「沒事——前提是，如果能打敗ＤＥＭ。呵呵呵，你辦得到嗎？」

「那是當然！要是辦不到這點小事，還妄想對付初始精靈嗎！」

士道用力地如此說完，迅速朝狂三伸出手。

就像在說：一起去吧。

「……呵呵。」

狂三微微一笑，伸出手想牽住那隻手。

於是，那一瞬間——

◇

「啊……啊，啊啊啊，啊啊啊啊啊啊啊啊啊啊啊啊——────！」

——一陣慟哭撼動世界。

眼眶流出滂沱淚水，喉嚨不斷發出分不清是慘叫還是吶喊的聲音。

不過，這還不足以表現出澪悲痛欲絕的一部分。

目前現場只有澪與——躺在她面前的少年。

當牽起澪的手想逃跑的少年被子彈擊倒的瞬間，澪在憤怒、悲傷與混亂的驅使下，肆無忌憚地朝四周釋放靈力，破壞周圍，逃離現場。

少年的身體毫髮無傷。那是當然，因為澪用靈力治癒他的傷口。

然而——少年並未清醒過來。

澪的力量確實可以治癒受傷的身體。

卻唯獨無法讓人死而復生。

「為什……麼……為什麼……！」

澪——痛哭流涕。

不知道經過了多久，她只是一直哭、一直哭，哭個不停。

但還是淚流不止。

澪對少年心懷感激。

非常喜歡少年。

倘若少年沒有發現澪，肯定就沒有現在的她。少年提供她居住環境、衣服、糧食，還教導她知識。澪原本以為自己十分清楚少年對自己的定位。

然而——並非如此。

少年對澪的意義不只是那樣而已。

等到少年死去，無法再次相見，澪才終於明白。

少年在自己心中占有多大的分量，有多麼不可取代。

單單只是他一人消失，就感覺之前看起來如此五彩繽紛的世界變成了灰色。過去那樣充滿希望的日子，什麼都不剩。

最初的相遇肯定是偶然吧。但如今一點也不誇張——少年成為澪生存的理由，生活的一切。

如果自己沒有遇見少年；

如果自己沒有投靠少年；

如果自己——毅然決然選擇死亡……

——少年或許就不會死了。

枉然無益的後悔縈繞腦海。

「……！……」

澪緊咬嘴唇，滲出鮮血，一邊用力抓撓著頭和皮膚。

動腦思考。運用所有被少年撿回家至今所習得的知識，與從中導出的推測、想像，絞盡腦汁思考是否有打破這個絕望的手段。

然而再怎麼思考也想不出答案。

人類十分脆弱。就算躲過那一槍，只要被那些男人盯上，少年遲早會死吧。

不僅如此，人類還非常短命。

從書上獲得的知識與自己的實際感受有差距。人類與澪不同，最長也頂多只能活到一百年。

就算排除所有問題，與少年白頭偕老，少年依然會比澪還早死去。澪能夠承受這個事實嗎？

「…………」

為了再次見到少年的笑容。

以及為了與少年長相廝守久一點，究竟該怎麼做才好？

澪動腦思考。

一個勁地——思考。

——不知經過了多久。

「…………啊…………」

不知不覺變得乾巴巴的嘴唇間吐出細微的聲音。

「對……喔……」

澪搖搖晃晃地撐起身體，探頭凝視安靜沉眠的少年臉龐。

「——只要『重新製造』……就好了。」

然後如此低喃，撫摸少年的臉頰。

沒錯。

那便是澪經過長久思考想出來的答案。

——澪舔了一下嘴唇讓它濕潤後，將自己的臉慢慢湊近少年的臉。

然後，將她的唇疊上他的唇。

少年的嘴唇還很柔軟，但已失去體溫。

「…………」

澪垂下眼，集中精神。

感覺就像讓圍繞自己的世界在腦海裡變質。

於是，少年的身體化為淡淡的光粒——吸收進澪的身體。

「……………嗯……………」

完全吸收少年的身體後，澪輕輕吐了一口氣，同時站了起來。

接著溫柔地撫摸自己的腹部。

「——我再把你生出來一次。

『這次絕對不會死掉』，

『這次絕對不會損壞』。」

一命嗚呼的少年不會起死回生。

那麼——只要用自己的肚子重新製造一個一模一樣的少年就好。

不對，說是一模一樣或許有語病。

澪會在少年於她的子宮內重建身體的過程中把自己的力量分給他。

他會維持原本的模樣，得到精靈之力。

啊啊——不過，光是這樣還不行。

人類的身體實在太過脆弱。若是將靈力一次給完，肯定會因為承受不了而自行毀壞吧。

必須將力量分成好幾個因子——

一點一點，慢慢地，給予少年。

所以，起初只需要準備一樣。
——就是「吸收靈力的力量」。

當未來的某一天，少年誕生、成長，得到安定的身體時。
再將種子播撒到世界，讓他能一個一個獲取靈力。
澪只需在一旁守護就好。
等到少年得到所有的力量時——
便會擁有無人能敵的能力——
接近永生的性命——
成為澪永遠的戀人吧。
「——絕對不會再分開了。絕對不會再出錯了。」
澪撫摸著肚子呢喃。

「所以……等我——『小士』。」

◇

「——咦……？」

戰場上。

士道發出錯愕的聲音。

這也難怪。因為狂三朝這裡伸出手時，她的胸口出現了一隻不屬於她的手。

這不是什麼比喻，也不是什麼玩笑話。宛如狂三的胸口綻放出花朵一般，伸出一隻皮膚蒼白的手。

感覺很奇妙，彷彿似曾相識。士道覺得自己似乎曾經見過這幅光景。

對了。那是六月，在學校的頂樓。

分身狂三朝士道伸出手時，真正的狂三從她的背後貫穿她的胸口。

一瞬間，這樣的想法掠過他的腦海。該不會又發生跟當時一樣的事情吧？

不過，眼前的狂三無庸置疑是狂三本人，而從她胸口伸出的手臂感覺並不屬於她。更何況，分身狂三不可能會貫穿狂三本人的胸口吧。

既然如此，這是——

「……咦？」

片刻過後，狂三似乎也察覺到了。她看向自己的胸口，瞪大雙眼，一副不明白發生什麼事的模樣。

「這……究竟是……？」

「啊────」

狂三呆愣地發出聲音後，手臂一點一點地慢慢伸長。

宛如有「什麼東西」正試圖爬出狂三的身體。

「啊，啊……啊，啊、啊、啊、啊…………！」

「狂三！」

在手臂「嘎吱嘎吱」地逐漸露出根部的同時，狂三也發出痛苦的叫聲。士道不由得呼喚她的名字。

不過，手臂的動作依然沒有停止，不久後──

「……時崎狂三，感謝妳啊。直到最後，妳都是我引以為傲的朋友。」

這道聲音響起的同時，「手臂的主人」也顯現出其真面目。

To Be Continued

後記

橘：「17集要取什麼副標？」

編：「希望有決戰的感覺。」

橘：「戰爭狂三……？」

編：「決戰狂三……？」

橘：「末日狂三——」

編：「帥耶。」

橘：「帥耶。」

第17集的副標就是以這種感覺決定的。帥耶。每個男生心中都有一名耶俱矢。

事情就是這樣，各位好久不見，我是橘公司。喜歡的瑪莉歐是茵笛歌（註：出自《Angel Howling》的角色マリオ・インディーゴ）。在此為您獻上《約會大作戰DATE A LIVE 17 末日狂三（帥耶）》。各位讀者覺得如何呢？如果你們喜歡本書，將是我莫大的榮幸。

標題是狂三，封面卻是妮寶貝。仔細想想，這是她第一張彩色插畫呢。背景的妮寶貝們很有

後記

味道。好可愛。

雖然是接續前一集的第17集，但這次寫了許多我從以前就特別想寫的場面，寫得非常盡興。像是那個場面，還有那個場面。尤其是結尾的部分，我從構想《約會》時就已經想好了，因此感慨萬千。

這一集也在各方人士竭盡心力之下才得以完成。

插畫家つなこ老師，謝謝您每次都畫出如此精美的插畫，在您百忙之中還增加必須新設計的角色，真是不好意思。責編，這次也辛苦您了。美術設計、編輯部、業務人員、出版、通路相關的所有人員，以及拿起本書閱讀的各位讀者，向你們致上由衷的謝意。

在這集的結尾之後，故事會有什麼樣的發展呢？敬請期待士道大顯身手。

那麼，期待下次再相會。

二〇一七年七月　橘　公司

國家圖書館出版品預行編目資料

約會大作戰DATE A LIVE. 17, 末日狂三 / 橘公司作 ; Q太郎譯. -- 初版. -- 臺北市 : 臺灣角川, 2018.08

面； 公分

譯自：デート・ア・ライブ 17, 狂三ラグナロク
ISBN 978-957-564-350-8(平裝)

861.57 107009572

Kadokawa
Fantastic
Novels

約會大作戰DATE A LIVE 17
末日狂三

（原著名：デート・ア・ライブ17　狂三ラグナロク）

2018年8月16日　初版第1刷發行
2022年6月15日　初版第6刷發行

作　　者：橘公司
插　　畫：つなこ
譯　　者：Q太郎

發 行 人：岩崎剛人
總 編 輯：蔡佩芬
編　　輯：孫千棻
美術設計：吳佳昫
印　　務：李明修（主任）、張加恩（主任）、張凱棋

發 行 所：台灣角川股份有限公司
地　　址：104台北市中山區松江路223號3樓
電　　話：（02）2515-3000
傳　　真：（02）2515-0033
網　　址：www.kadokawa.com.tw
劃撥帳戶：台灣角川股份有限公司
劃撥帳號：19487412
法律顧問：有澤法律事務所
製　　版：巨茂科技印刷有限公司
ＩＳＢＮ：978-957-564-350-8